우리는 매 순간 빛을 여행하고

KB074854

우리는 매 순간
빛을 여행하고

그림 그리는 물리학자가 바라본 일상의 스펙트럼

서민아 지음

RHK
알에이치코리아

프롤로그

누구나 살면서 한 번쯤은 과학자를 꿈꾼 적이 있을 것이다. 밤하늘의 별빛은 어디서 오는 것일까. 비가 갠 뒤, 하늘의 무지개는 어떻게 생기는 것일까. 왜 하늘은 파란색이고 노을은 붉은색일까. 어린 시절 한 번쯤 가졌을 법한 질문이다. 과학자를 꿈꾼다는 것은 거창하게 우주를 동경하는 감정은 물론이고 소소하게는 작은 호기심을 가지고 주변을 살펴보는 일도 포함한다. 한편, 누구나 살면서 예술가를 꿈꾼 적도 있을 것이다. 지금의 내 생각을 그림을 표현해 본다면 어떨까. 지금의 내 마음을 노래나 시로 표현할 수 있을까. 우리는 모두 과학자를 꿈꾸고 예술가의 모습을 그리며 살아간다.

빛의 과학은 이러한 막연한 우리의 꿈을 훨씬 더 현실에 가까운 곳으로 데려다줄 수 있다. 그리고 빛의 예술, 그림은 우리의 꿈을 훨씬 더 다채롭고 풍성하게 색칠해줄 것이다. 차가운 과학이 분석의 잣대를 들이대며 자연의 모든 아름다움을 해체하고 그 체온을 내리기만 하는 게 아니다. 오히려 과학은 우리의 더 많은 감각을 깨워준다. 작은 호기심에서 시작해 탐구로 이어지는 긴 여정을 과학이 안내해주기도 한다. 그 여정에서 맛보는 새로운 즐거움을 일깨워주는 것도 과학이다.

나는 빛을 연구하는 실험 물리학자다. 고등학교에서 이과를 거쳐 대학에서는 물리학과에 진학했고, 대학원과 박사 후 연구 과정을 거쳐 연구실을 운영하는 지금까지 꾸준히 같은 전공을 공부하고 있다. 하지만, 생각지도 못하게 이공계에서 글쓰기와 그림 그리기의 중요성에 대해 깊이 생각하게 되었다. 연구자는 모름지기 실험을 통해 연구 결과를 얻고 이것을 다른 사람들로부터 검토를 받는 과정을 거쳐 세상에 발표하게 된다. 그 과정에서 놀랍게도 글쓰기의 어려움과 표현의 중요성을 깨닫게 되었다. 이과 공부를 하는데 글쓰기를 잘해야 했을 줄이야.

한편으로는 예술을 대하는 태도 또한 마찬가지다. 이과 진로를 선택했으니 꼭 예술을 배우거나 이해할 필요는 없다고도 생각했다. 어쩌면 이해하기 어려워 마음을 닫게 된 건 아니었을까. 좋은 연구 성과를 내고도 학회나 세미나에서 다른 사람들에게 이를 소개하고 관심을 끌어내는 데 어려움을 겪은 적이 많았다. 개념을 전달하기에 더없이 좋은 방법은 복잡한 수식이 아니라 그림을 활용하는 것이다. 그러나 이제 막 일을 시작한 초년생일 때 머릿속에 있는 생각과 개념을 구체적인 형태로 표현하는 것은 매우 어려운 일이었다. 두루뭉술하게 존재하는 개념이 직관적으로 글이나 그림으로 흘러나오는 건 몹시 난해하게 느껴졌다. 딱 그 지점에서 표현의 기술과 예술적 감수성에 대한 갈증이 일었다.

우리가 이과와 문과로 분류되어 특정 과목만 집중적으로 공부하기를 종용받기 이전, 모두의 어린 시절로 잠시 돌아가 볼까. 생각해 보면 전공이 정해지기 전에는 나를 포함해 누구나 글쓰기와 그림 그리기에 어느 정도의 관심과 흥미가 있었을 것이다. 오랫동안 방치되어 나도 모르게 숨어버린 감수성 한 자락을 찾아내는 일이 가능할까. 그런 생각들로 나는 몇 년 전에 이공계 대학원생을 대상으로 자신의 연구를 확장된 시야와 새로운 눈으로 볼 수 있도록 도움이 될 만한 수업을 개발했다.

첫 시간에는 서로의 눈높이를 알아보기 위해서 몇 점의 그림을 보여주고, 화가 이름이나 제목을 떠오르는 대로 써보는 설문 조사를 한다. 이공계 대학원생들에게 살면서 미술관에 가본 적이 몇 번이나 있는지도 물어본다. 가끔 낮은 확률로 미술 감상이 취미인 학생을 만나지만, 대부분 학교에서 단체 관람이 아닌 경우 미술관에 스스로 가본 적이 별로 없다고 한다. 수업을 관통하는 큰 주제는 물론 과학자들이 공들여 개발해온 색채학이다. 또 과학자의 시선에서 예술을 접하는 여러 가지 관점에 대한 소개를 시작으로, 실제로 그림을 분석하고 보존이나 복원에 도움을 주고 있는 분광 기술도 배운다.

매시간 최대한 다양한 화가의 그림들을 예시로 들면서 과학과 예술이 상호 작용해온 이야기들을 들려준다. 그 과정에서 많은 학생들이 미처 몰랐던 본인의 그림 취향을 발견하곤 한다. 그렇게 좋아하는 화가나 그림을 발견하면, 이제 본인이 하는 이공계 연구와 그 그림을 접목해 새로운 시각에서 분석하는 보고서를 쓰게 한다. '그림을 보는 관점'이라는 난생처음 해보았을 생각과 그걸 기승전결에 맞춰 글로 표현하는 두 가지를 다 훈련해 보는 시간이다.

첫 시간의 설문 조사에서 많은 학생들은 어떤 화가의 어떤 제목의 그림인지 전혀 맞히지 못한다. 그랬던 이들이 한 학기 수업을 들으면서 본인들이 수행하는 실험 연구의 핵심 원리를 명화에 적용하여 재미있는 이야기로 풀어내는 과제를 성공적으로 수행해내는 모습을 나는 매년 목격한다. 또 화가들 특유의 화법을 이해한 뒤로, 어떤 화가의 그림인지 어떤 화가가 모작한 그림인지도 구별해내는 정교한 눈을 갖게 되는 것도 볼 수 있었다. 수업 후반부에는 밀레의 그림과 밀레를 흠모해 그의 그림을 모작했던 고흐의 그림을 비교하면서 누구의 그림인지 맞혀본다. 이쯤 되면 화가들 고유의 붓 터치나 그림 그리는 방식을 구분하는 정도는 쉽게 해낸다. 아마도 스스로 그런 눈을 가지고 있었단 사실조차 인지하지 못했을 뿐, 우리는 화가를 꿈꾸었던 어린 시절을 공유하고 있지 않은가.

나는 이공계 진로를 선택한 학생들이 이 수업을 통해 자신이 잘 알고 있는 과학 지식으로 출발해서 공부를 위한 공부가 아닌, 편안하게 자연을 이해하고 그 아름다움을 온전히 느낄 기회를 얻기를 바란다. 그러면서 어쩌면 본인이 이미 가지고 있었던 표현의 기술과 예술적 감수성을 깨닫게 되지 않을까. 그렇게 새로운 눈을 가지고 본래의 연구실로 돌아가, 해오던 연구를 새롭게 다시 살펴보는 기회를 누리길 바란다. 신기하게도 매 학기 수업을 들으면서 연구 주제가 좀 더 명확해졌다던가 혹은 주제 자체를 바꾸게 되었다는 학생들의 피드백을 받곤 한다.

수업을 조금 확장하여, 기업체 직원들을 대상으로 강연을 하면 또 그 특수한 직업인들 사이의 정형화된 패턴이나 경계가 있다. 이 강연은 어찌 되었든 한 번쯤 그 경계선 바깥으로 나가 보는, 발걸음을 떼어보는 시도를 하는 데 의미가 있다. 강연이 끝나고 그들이 본래의 자리로 돌아갔을 때 지루한 생활 가운데 잠시 다녀온 나들이처럼 일상이 환기되었기를 항상 기원한다.

수업과 강연을 몇 해간 진행하면서 또 틈틈이 그림을 그리면서, 우리가 흔히 딱딱하다고 느끼는 과학적 사실들도 의외로 훌륭한 미술과 글의 소재가 될 수 있다는 것을 스스로 알게 되었다. 과학과 예술이 서로 좁은 스펙트럼을 가진 반대의 개념이 아니라 '빛'이라는 공통된 화두와 넓은 스펙트럼을 가지고 서로의 영역에 걸쳐져 있음을 깨달았다. '과학을 그리고', '그림을 실험'하는 이 새로운 시도로 가득한 낯선 여행에 많은 사람들이 참여해 그 즐거움을 함께 누릴 수 있으면 좋겠다.

차례

PART 3.
*
우리의 우주는 함께 빛난다

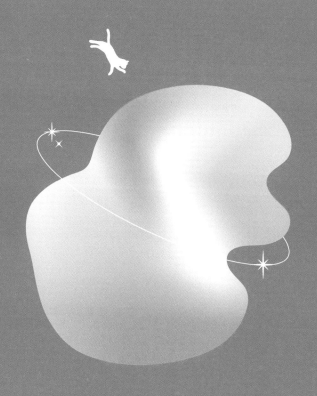

PART I.

그림 그리는 물리학자입니다

물리학도가
미대 수업에 왜 왔어요?

맴도는, 서성이는 사람

책을 몇 권 내고 대중을 위한 교양 과학 강연을 다니면서, 인터뷰하면 꼭 듣게 되는 질문이 한 가지 있다. 그림을 언제부터 좋아했는지, 왜 미술과 과학을 연결하는 독특한 일을 하게 되었는지. 그것은 어찌 보면 나의 정체성 그 자체에 관한 질문이기도 해서 깊이 생각해 보지 않을 수가 없다. 나는 왜 이런 일을 하게 되었는가.

어린 시절 무척이나 내성적이고 소심한 성격이었던 나는 친구들과 밖에서 뛰어다니며 어울리는 것보다 혼자 책을 읽거나 그림을 그리거나 손으로 만드는 놀이를 훨씬 좋아했다. 눈에 보이는 글자는 무조건 다 읽었는데, 늘 책이 고파서 동네 서점에 도 자주 갔다. 서점에 진열된 책들을 뒤적이면서 읽고 싶은 우 선순위를 정하곤 했다. 부모님이 사주신 동아 대백과 사전을 전 부 다 읽은 어린이가 과연 몇이나 있을까 싶다. 말 그대로 '세상 을 책으로 배운' 엉뚱한 어린이였다. 얼마 지나지 않아 책에서 배운 지식과 상식이 얼마나 좁고 얄팍했는지를 깨닫게 되었지 만. 책에서 나오는 동작과 순서대로 똑같이 던졌는데 공이 멀리 날아가지 않아 당황하고 부끄러워했던 체육 시간이 갑자기 떠 오른다.

그 시절의 나를 떠올리면 책을 읽거나 일기를 쓰고 그림을 그리는 모습이 기억 대부분을 차지한다. 그냥 좋아서 그랬다. 방구석에서 뭔가 그리고 오리고 만들고 있으면 부모님은 종종 문을 열어보시곤 말씀하셨다. "쟤는 또 머리카락에 홈 파는 거 하고 있네." 사람의 머리카락은 대략 백 마이크로미터(백만 분의 일 미터)쯤 되는데 그런 머리카락에 홈(구멍)을 파내려면 그보다 작은 크기(나노미터, 십억 분의 일 미터)의 구멍을 만든다는 말이 다. 종일 방구석에서 꼼지락대며 노는 모습이 오죽 답답해 보였 으면 그랬을까 싶지마는 실상 나는 지금 진짜 나노 과학을 연구 하는 실험가가 되어 있다. 이렇게 보면 어릴 때부터 나의 적성 을 완벽하게 간파하신 부모님이 더욱 대단하게 느껴진다.

중학교와 고등학교를 지나오며 이과로 진학하면서 나의 그런 소소한 놀이는 비공식적인 취미가 되어갔다. 고등학교 시절엔 이과였지만 문예부와 교지 편집부 활동을 했었는데, 거기서 원고를 교정하는 일도 배우고 학교 축제에 시도 전시해 보고 또 교지에 들어갈 삽화도 그렸다. '이걸 제대로 더 해봐야겠다. 진로로 정해야겠다.' 이런 마음까진 아니었지만, 그저 내 손을 거쳐 완성된 교지의 어느 작은 귀퉁이에 내가 그린 삽화가 들어 있는 것만으로도 만족감은 대단했다.

대학에 가서 자유롭게 수강 신청을 할 수 있게 되자 다시금 꼼지락거림에 대한 애매한 욕구가 고개를 들었다. 교양 과목 대신 수강하게 된 드로잉 수업 첫 시간에 교수님이 출석을 부르다 말고 고개를 들어 말씀하셨다. "물리학도가 미대 수업에 왜 왔어요?" 아뿔싸 이게 이렇게 주목받을 일이구나, 했을 땐 이미 일이 벌어진 뒤였다. 사람들의 시선이 집중되자 얼굴이 홍당무가 되어서 기어들어 가는 목소리로 겨우 말했다. "그림을 배우고 싶어서요." 실기와 숙제가 많은데 교양으로 들을 수 있겠냐는 교수님의 진심 어린 걱정으로 시작된 한 학기 수업을 나는 참으로 열심히 따라갔다. 몰래 하는 게 아니라 대놓고 수업 시간에 그림을 그려도 된다니, 이렇게 좋을 수가.

나중에 드로잉 수업 교수님은 전과나 복수 전공을 권하셨고

<두 갈래 길>, 2023, 캔버스에 아크릴

조형 수업이나 그래픽디자인 수업을 하나둘씩 더 들어가면서 진지하게 나의 진로에 대한 고민이 시작되었다. 미대에서 친해진 언니들에게 채팅 사이트 아바타를 그리는 일과 컴퓨터 그래픽을 이용해 어린이 교구에 들어가는 삽화를 그리는 아르바이트도 추천받았다. 좋아서 그리는 일로 돈을 벌 수도 있다니 잠깐이었지만 잊을 수 없는 강렬한 추억이다.

미대 수업에 들어가서는 매 과목 첫 시간 "물리학과네?"라며 신기해하는 교수님의 반응을 보게 되었고 과제물이나 화구통을 메고 물리학과 전공 수업을 들어가면 "요새 뭐 하고 다니냐?"는 친구들의 의아해하는 반응을 보게 된다. 그렇게 내 꿈은 매일매일 갈지之자로 왔다 갔다 했다. 한편으로는 이곳에서도 저곳에서도 온전히 소속되지 못한 채로 맴도는, 서성이는 사람이었다. 그러나 어설프게 그림 수업 좀 들었다고, 아르바이트 좀 해 봤다고 본업으로 뛰어들 수 없다는 생각에 정신을 퍼뜩 차린 건 머지않아서다. 수많은 전공자들이 인생 전반을 건 피땀 어린 노력과 타고난 천재성 근처에도 못 가볼 현실이 정신을 들게 했다. 돌이켜 보니 나의 그 서성임은, 어느 곳에도 소속되지 못했다는 핑계로 한 가지 공부에 집중하지 못한 스스로에 대한 구차한 변명의 다른 모습이었는지 모른다.

나는 지금도 여전히 그림 그리기를 좋아한다. 머릿속의 아이디어를 사람들에게 이해시키기에 그림만큼 좋은 수단이 없어 지금도 그림은 나의 일상을 함께한다. 일로든 취미로든 여전히 꼼지락거림에서 소소한 즐거움을 느낀다. 그리고 그 시절 만났던 그림을 평생 해오던 사람들에 대한 감탄과 존경심도 여전하다. 그들의 노력과 재능을 흠모하는 마음이 지금도 꾸준히 미술관에 발길을 잇도록 만들었다.

그리고 한편으로는 그때의 그 짧은 방황이, 그 서성임이 하나도 허투루 버려지지 않고 지금의 나의 정체성을 만들어준 사실에 항상 감사하다. 한번 발을 디뎌보고 돌아오는 게 무슨 대수인가. 그렇게 나가보지 않으면 그런 세상이 있다는 것조차도 모르고 사는데 말이다. 그렇게 마음껏 돌아다니다가 다시 내 자리로 돌아와도 혹은 영영 돌아오지 않고 다른 세계로 넘어간다고 해도, 그래서 모든 것을 처음부터 다시 시작해야 한다고 해도 시간상으로 조금도 아쉬움이 없을 아름다운 이십 대였는데 말이다.

도서관 냄새에 중독되다

오래된 도서관에서 진짜 나를 찾아가는 여행

어렸을 때부터 책 읽기를 누구보다 좋아한 내게 도서관은 그야말로 신세계이자 종일 놀아도 질리지 않는 재미있는 놀이터였다. 혼자서 버스를 타고 돌아다닐 수 있는 나이가 되면서부터 이웃 동네에 새로 생긴 시립 도서관을 다녔다. 주말이면 도서관에 틀어박혀서 우선순위를 고려하지 않고 마음껏 종류별로 책을 꺼내 보는 것도 좋았고, 내 이름 세 글자가 새겨진 도서관 회원증도 어린 나에게 무척 소중했다. 얼마 전 우연한 기회에 그 도서관을 지도에서 찾아본 적이 있다. 그곳이 지금은 멋진 미술관으로 새 단장을 했다는 소식이 참 반갑고 또 한편으론 절묘하다. 나의 어린 시절 글자로 세상의 지평을 넓혀준 곳이 지금은 사람들에게 아름다운 그림으로 마음의 위안과 행복감을 주는 곳이 되었다니 말이다.

대학 시절엔 아르바이트가 많았던 어느 여름 방학을 통째로 도서관에서 보낸 적이 있었다. 아가사 크리스티의 추리 소설이나 무라카미 하루키의 소설과 수필집을 모조리 찾아 읽었다. 그렇게 작은 목표를 정하고 시리즈를 완독하는 재미로 방학을 보냈던 것 같다.

당시 내가 좋아했던 건 추리 소설이었는데, 소설이 많은 열람실 구석에는 창문 틈으로 햇살이 적당히 들어오는 일인용 책상이 있었다. 그다지 인기가 없어 늘 비어 있던 그 자리는 아르바이트를 마치고 도서관으로 쉬러 온 나에게만은 멋진 전용석이었다. 세상에 책과 나, 이렇게 단둘이 남겨진 것처럼 고요하고 평화로웠다. 마치 나를 위해 준비된 안식처 같았던 그곳에서 나는 아무에게도 방해받지 않고 소설책을 마음껏 읽으며 책 속의 주인공이 되어보기도 하고, 새로운 곳을 여행하기도 했다. 가끔씩은 허름한 비디오실에서 소리도 없는 흑백 영화를 멍하니 보기도 했다. 그렇게 온전하게 나 자신에게 집중하는 시간이 그때에도 그 후에도 다시없었을 것 같다.

최근 대학원 진학을 상담하거나 연구 참여를 위해 학생들에게 자기소개서를 받으면 놀라게 된다. 대학생들의 그럴듯한 자격증이나 교육 과정 수료증이 빽빽이 쓰인 완벽한 이력서들을 읽다 보면 미대를 기웃거리고 도서관에 틀어박혀 보낸 그 시절이 떠오른다. 나는 그때 현재와 미래에 대한 준비가 철저한 사람이 아니었다. 소위 스펙을 쌓기 위한 비법이 담긴 책들을 찾아본 기억도 딱히 없다. 어찌 보면 내 전공 수업이나 진로에 조금도 도움이 될 리가 없는 소설책에 빠져 그렇게 시간을 보냈으니 말이다. 그렇다고 내가 지금 소설가가 된 것도 아니니, 그렇게 계획적인 사람은 결코 아니었다는 말이 된다.

세상은 계속해서 발전하면서 점차 최적화되어가는지도 모른다. 원하지 않는 정보까지도 강제로 열람하게 되듯이 누군가 내게 계속해서 실수하지 않고 넘어지지 않고 가장 빨리 목적지에 도달할 수 있는 샛길을 알려준다. 그렇게 정해진 길을 뛰면서 내가 어떤 사람인지 오롯이 나에 대해 생각할 시간을 허락하지 않는 듯하다. 중간에 잠시 멈춰 이 길이 맞나, 생각할 겨를을 좀처럼 주지 않는다.

그런데 그렇게 다른 사람들이 알려준 비법대로 무조건 뛰는게 맞는 건가. 그 목적지가 진짜 나에게 맞는 것일까. 중요한 건내가 어떤 사람인지 스스로가 아는 것이다. '무엇'이 되기 위해 빠른 지름길을 찾을 게 아니라, '어떤' 사람이 되기 위해 끊임없이 자아를 들여다보는 시간을 가지면 좋겠다. 나는 오 년 뒤에, 그리고 십 년 뒤에 어떤 사람이 되어 있을까. 상상하는 것에서 오는 그 설렘을 동력 삼아 쉬지 않고 나를 관찰해야 한다.

　내가 그림이며 책들에 푹 빠져서 비현실적인 세계에서 헤맬 때, 도서관에서 나던 오래된 종이의 냄새를 지금도 선명하게 기억한다. 후에 낯선 나라에서 공부하고, 출장을 갔을 때 애매하게 기차 시간이 남을 때가 종종 있다. 그러면 기차역 근처 아무 도서관이고 그냥 흘러가듯 들어가곤 했다. 마치 그 도서관 냄새에 중독된 사람처럼. 아는 글자가 하나도 없는 네덜란드, 덴마크의 어느 시립 도서관에서 그림이 많은 인테리어 잡지나 미술 책을 읽었다(기보다는 그냥 보았다는 말이 맞겠지만). 낡은 종이에서 나던 그 도서관 냄새는 여전히 다시금 무한한 자유와 선택을 할 수 있었던 이십 대의 나를 소환하는 듯하다. 그러면서 나는 생각한다. 다시 돌아갈 수 있다면 나는 어떤 다른 선택을 했을까.

　적어도 한 가지는 확실하다. 똑같이 그림 그리는 사람들을 흠모하면서 흉내 내고 도서관에서 책을 읽었을 것 같다. 여전히 목적지를 향해 빨리 갈 수 있는 비법을 찾기보단 하염없이 책을 읽고 무성 영화를 보면서 나를 관찰하는 시간을 가졌을 것 같다. 그때가 아니면 가질 수 없었을 귀한 시간을 마음껏 즐겼을 것이다.

그리고 책을 펼쳐서 이 구절을 읽고 있는 여러분에게도 지금이 특별하고 소중한 시간이 되기를 바라본다. 온갖 편리한 기술이 최적의 방법으로 방대한 정보를 전달해줄 수 있는 세상이 되었지만, 낡은 책 한 권이 가지는 힘을 나는 여전히 믿기 때문이다.

지중해 모래알의 개수를 세어보아요

확률과 통계를 배우면 더 잘 보이는 세상

대학교에 진학하여 처음으로 들었던 '열 및 통계 물리학' 첫 수업 시간을 잊을 수가 없다. 지금은 은퇴하신 입자 물리를 전공하셨던 교수님은 나의 좁디좁은 시야에 갇힌 소심한 자아를 한껏 끌어내 지중해 앞바다까지 끌고 가셨다. 첫 번째 질문은 다음과 같았다. "지중해 바닷가의 모래알 개수를 세어보시오." 네? 손안에 들어오는 양의 한 줌 모래알 개수를 세는 것도 상상하기 힘든데, 어디라고요? 지중해라고요? 수업을 듣는 우리 중 대부분은 지중해가 어디서부터 어디까지인지 어떤 모양으로 생겼는지조차 정확히 알지 못했다. 일단 당장 머릿속에 떠오른

의문은 우리가 아는 숫자들로 이 답을 표현할 수 있을까였다.

이어서 다음 질문은 좀 더 난해했다. 이를테면, "엘리베이터에서 문이 닫히길 기다리지 않고 '닫힘' 버튼을 누르는 것이 더 효율적임을 보이시오. 설거지할 때 큰 그릇에 물을 받아놓는 것보다 물을 틀어놓고 흘려보내면서 그릇을 씻는 것이 더 좋은 이유를 말하시오." 일단 이 두 가지 요구 사항은 기본적으로 우리가 알고 있던 상식에 반하는 내용이었다. 당시 '에너지 절약 차원에서 엘리베이터에서 닫힘 버튼을 누르지 말고 기다리자'는 캠페인이 성행이었고, 설거지할 때 큰 그릇에 물을 받아놓고 씻는 것 역시 환경 오염을 막고 에너지(물)를 절약하자는 차원에서 크게 유행하던 캠페인의 일종이었다.

일단 이 캠페인들의 부정적 요소를 찾아내기 위하여 우리는 미리 장착하고 있던 학습된 '선함'을 버려야 한다. 환경은 중요하다. 환경을 지키기 위해 에너지를 낭비하는 것은 나쁜 행동이다. '에너지 낭비를 막기 위해 문이 저절로 닫히기를 기다리거나, 혹은 설거지를 위해 흘려보내는 물들을 모아서 여러 번 사용하는 것이 좋다'는 기본의 전제를 뒤엎기 위해서 열심히 머리를 굴려보았다.

정답은 없지만, 일단 기존의 선행된 가정을 버리면 여러 가지 변수가 다음과 같이 설정될 수 있다. 엘리베이터 문을 강제로 닫는 데 쓰는 에너지보다 내 시간의 환산값이 더 비쌀 수가 있다. '기다림의 미학'이라는 학습된 선함의 가치보다 에너지 효율을 고려하는 상황에서 충분히 가능한 가정이다. 예를 들어 설거지를 위해 물을 모아두면 비위생적인 상황이 발생하여 이를 수습하기 위해 더 큰 소비(오염에 대한 처리 비용 혹은 질병 치료를 위한 병원비)가 발생하는 경우가 발생할 수 있다.

결론부터 말하자면 이 질문의 경우 요구하는 정답은 없다. 기존의 가치를 버리고 다양한 관점으로 현상을 바라볼 수 있는지가 학습의 목적이었다고 보면 된다. 자연스럽게 받아들이고 체화된 모든 일의 가치를 한번 뒤집어보자는 거다. 새로운 배움을 막 시작하는 우리들에게 기존에 가진 생각 회로를 과감하게 버리라니, 이 얼마나 시기적절하고도 신선한 질문이었던가!

다시 지중해 문제로 돌아가 볼까. 지중해 바닷가의 모래알을 어떻게 다 센단 말인가. 질문자는 이걸 '세어보라고' 하는 것이 아니다. 모래알을 세는 데 필요한 초기 조건을 설정할 수 있는지를 물어보는 것이다. 정답(은 없으므로 답에 근접하는 방법이라고 하자)을 먼저 공개하자면 이렇다. 1cm×1cm×1cm 정도 되는 큐브 사이즈 안에 모래알이 몇 개 들어갈 수 있는지 숫자로 표현해 본다(이 정도의 크기라면 적당히 몇 개라고 숫자를 제시하는 일이 가능하다). 그리고 지중해의 크기가 대략 두께 ○○m, 폭 ○○m,

길이 ○○km 정도 크기의 길쭉한 직육면체라고 가정한다(가정일 뿐 꼭 맞을 필요는 없다. 스마트폰도 없던 시절에 당장은 세계 지도가 손에 없으니 확인할 길도 없다). 모래알이 균일하게 모든 면적에 일정한 양만큼 있다고 가정한 뒤, 아까 구했던 큐브 사이즈를 이 지중해 사이즈로 확장할 경우 필요한 배율을 구해본다. 그러면 우리는 모래알의 개수를 추산할 수 있다.

물론 이렇게 구해진 모래알의 개수가 맞는지 아닌지 확인할 길이 없다. 그러나 중요한 것은 답을 구하는 일이 아니다. 작은 단위unit를 설정define하고, 합리적인 수준으로 전제condition를 정하고 개념concept을 확장해나가는 논리logic를 배우는 것이다. 이러한 가정과 논법은 실제로 '모르는 세상unknown world(연구에 있어 아직 완벽하게 모델링하지 않은 상황이나 기술할 수 없는 현실)'을 이해하고자 할 때 합리적으로 접근하여 기술하는 방향을 설정하는 데 굉장히 쓸모가 있다.

첫 시간 교수님의 난해한 질문들은 우리를 다소 당혹스럽게 만들었지만 '물리학이라는 학문이 얼마나 명료하게 세상을 직관하는 힘을 지녔는지, 얼마나 단순하고도 우아하게 이 세계를 묘사할 수 있는 언어인지를' 확실하게 알게 해주었다. 그러나 당시에는 이 몇 개의 질문이 앞으로 얼마나 내게 큰 원동력으로 작용할지 크기가 가늠이 되지 않았다. 그 울림은 후에 긴 배움의 여정을 지나가는 동안 신기하게도 시간이 흐를수록 더욱 또렷하게 뇌리에 각인되었다. 학위 과정을 거치는 내내 아무리 물리쳐도 난이도를 올리며 계속해서 튀어나오던 현란한 질문 공격을 막아낼 때마다 그 첫 통계 수업 때의 충격이 떠올라 힌트를 얻었다. 그 몇 개의 질문들이 마치 수많은 적의 공격과 방해 공작을 이기고 목적지에 다다랐을 때야 비로소 진짜 내 것이 될 수 있는, '궁극의 질문'과도 같이 소중해진 것이다.

확률과 통계로 기술할 수 있는 세상은 생각보다 훨씬 더 넓다. 우리가 정답이라고 알고 있는 것도 사실 알고 보면, 그저 그럴 만한 확률이 높은 경우일 때가 더 많다. 불확실성으로 가득한 세상에 나름의 논리를 부여하고 질서를 밝히는 것이 확률을 배우는 가장 큰 이유일 테다. 통계를 알면 알수록 세상을 지배하는 숫자들은 나름의 규칙을 가지고 조화롭게 움직이고 있음을 배우게 된다.

그렇다면 그 규칙적인 조화로움 속에서 우리는 정해진 틀 안에서 잘 닦여 있는 길을 따라 가기만 하면 될 것인가. 절대 그렇지 않다. 재미있는 것은 이렇게 무질서로부터 질서를 찾아낸 뒤 때로 그 질서의 중심을 벗어난 작은 수치가 뜻밖에도 더 큰 가치가 되기도 한다는 점이다. 그것은 비록 작은 확률로 존재하나 특별히 나에게만은 소중한 삶의 나침반이 되기도 한다. 누군

〈지중해〉, 2023, 캔버스에 아크릴

가에게는 평범하게 잊혔을 그 첫 수업 시간이 나에게만은, 소심한 내 자아를 끌고 지중해 앞바다까지 나가보는 대범한 사건이 되었던 것처럼 말이다. 불확실성으로 가득한 실제 세계에서 그 낮지만 일어날 수도 있는 확률을 가진 우연과도 같은 일들 때문에 우리가 언젠가 다가올 큰 선물과도 같은 내일을 기대하며 사는 것 아니겠는가.

오늘도 한강을 달리고
구름을 그린다

세상에 같은 구름은 하나도 없다

　미대를 기웃거리면서 방황하던 내가 대학원에 진학한 뒤 실험 물리학자가 되어야겠다고 결심한 하나의 사건이 있다. 학부 때 들었던 실험 물리학 과목 중에 '가이거 뮐러 계수기' 실험이 있었다. 1908년 물리학자 요하네스 빌헬름 가이거Johannes Wilhelm Geiger가 개발하고 1928년 발터 뮐러Walther Müller가 함께 개량하여 만든, 보이지 않는 방사능 입자 하나하나를 셀 수 있는 장치다.

　간단하게 말해서 방사능 입자가 들어오면 계수기 내부에 순간적인 전류가 흐르면서 신호를 나타내는 방식이다. 알파 입자,

베타 입자, 감마선과 같은 방사능은 원자핵 크기 이하로 작고 속도도 빠르다. 사람의 눈에 보이지 않고 소리나 냄새가 없어 그 존재를 알아차릴 수 있게 해준 것만으로도 이 계수기의 업적은 실로 대단하다.

수업 중 진행된 실험은 준비된 가이거 뮐러 계수기를 놓고, 매뉴얼대로 계수기에서 들어오는 신호를 카운트하여 적고 그래프를 그려내는 것으로 마무리되었는데, 아무래도 숫자로 나타나는 결괏값이 크게 와닿지는 않았다. 방사능 입자의 존재를 이렇게 숫자가 아닌 눈으로 직접 볼 수 있다면 얼마나 놀랍고 신기할까. 사람은 본능적으로 시각으로 받아들이는 정보에서 가장 큰 감동을 느끼는 것 같다. 나 또한 방사능 입자의 궤적을 눈으로 직접 보고 싶다는 열망이 일었다.

방사선 자체는 눈에 보이지 않는데, 이걸 간접적으로 눈에 보이도록 해주는 장치는 그럼 없을까? 답은 구름에 있었다. 스코틀랜드 물리학자 찰스 톰슨 윌슨Charles Thomson Rees Wilson은 구름이 생성되는 원리를 응용하여 방사능 입자가 지나가는 궤적을 볼 수 있도록 1911년 구름 상자(또는 안개 상자)를 고안해냈고 하전 입자를 관찰한 연구로 1927년 노벨 물리학상을 받았다.

원리는 방사능이나 전기를 띤 입자가 포화된 수증기층을 지날 때, 일종의 응결핵 역할을 하면서 지나가는 길에 안개 흔적을 만들어내 눈으로 볼 수 있게 만드는 것이다. 즉 구름이나 안개가 생성되는 상황을 잘 연출해 준다면 지금도 우리 주위를 지나가고 있는 우주로부터 날아온 우주선cosmic ray 혹은 이들이 분열되어 나타난 작은 입자들을 눈으로 '볼' 수 있다는 것. 이번 방학 때는 이 구름 상자를 내 손으로 직접 만들어보고야 말겠다는 새로운 목표가 생기자 나는 하늘을 날아오르는 새처럼 돌아볼 것 없이 앞으로 직진했다.

구름이 생기는 상황을 상자 안에서 구현하면 된다는 건데 자, 그럼 구름이 생성되는 상황을 어떻게 연출하지? 친구와 일명 구름 상자 만들기 프로젝트를 진행하기로 하고, 먼저 도서관의 오래된 논문에서 기술하는 여러 가지 버전의 구름 상자 설계도와 조건들을 공부했다.

당시 학부생 수준에서 흉내 낼 수 없는 수준의 정교한 설계도나 복잡한 회로가 필요한 경우는 모두 배제했다. 정말 단순하게 속이 보이는 투명한 상자를 준비하고 그 안에서 구름이 생성되는 환경과 비슷하게 공기가 '과포화'되기만 하면 되는 것이다. 친구와 을지로 공작소를 뒤져서 원통 모양의 투명한 상자를 만들었다. 열전도율이 높으면서 제작이 용이한 알루미늄을 원통의 절반인 바닥으로 쓰고, 절반 중 위는 속이 잘 보이도록 투명한 아크릴로 덮고 그 사이 틈을 단열이 잘되게 고무로 메운 형상이었다. 이 원통을 드라이아이스로 채워진 스티로폼 상자에 놓았다. 지나가는 입자의 궤적이 잘 보이도록 바닥에 검은 종이를 깔고, 과포화 조건은 알코올을 묻힌 솜을 넣고 바닥을 급격하게 냉동시켜 연출했다.

결과적으로 보자면, 우리가 우주선의 궤적을 볼 수 있었던 것은 그야말로 우연에 가까운 낮은 확률이었고 순전히 행운이었다. 통 안의 습도와 온도를 정밀하게 제어할 수도, 알코올의 농도를 정확히 알지도 못했다. 하지만 과포화 조건을 찾기 위해 반복된 실험을 하면서 통 안 공기의 온도를 위와 아래가 다르게 만들어야 한다는 감이 생겼고, 그걸 구현하기 위해 드라이아이스의 양을 조절하고 윗부분에 복사열이 강한 백열등 전등을 비추었다. 그저 이렇게 저렇게 반복해서 똑같은 일을 하면서 하염없이 빈 통을 지켜보다가 며칠 만에 '슝' 하고 하얀 구름이 지나가는 게 보였다. 바로 우주선이 지나간 흔적에 생성된 초소형 구름이었다.

우리가 만들어낸 구름은 겨우 손가락 두 마디 정도 길이로 짧고, 또 순식간에 보였다가 사라지는 찰나의 구름이었다. 한 번 과포화 조건을 달성하고 나니, 비교적 쉽게 같은 조건을 반복해서 만들어낼 수 있었다. 우리는 우리 손으로 만들어낸 구름

〈한강 위를 나는 구름배〉, 2022, 캔버스에 아크릴

에 환호하면서도 순식간에 지나가는 구름을 찍기 위해 연신 카메라 셔터를 눌렀다. 이 작고 빠른 찰나의 구름이 내게 새로운 세계로 통하는 문을 열어주었다. 내가 재미있어 하는 일을 제대로 배워보고 싶다는 열망이 강하게 들었다. 나는 그렇게 실험 물리학자가 되기로 마음먹었다. 결심하고 나서는 언제 방황했었는지 기억도 나지 않을 정도로 뒤도 돌아보지 않고 앞으로 달려갔다.

영국은 유달리 변덕스러운 날씨 때문인지 화가는 물론이고 과학자들도 자연 현상을 들여다보는 데 관심이 많다. 윌슨의 구름 상자 아이디어는 그가 연구하던 당시 영국 빅토리아 시대의 과학계의 전통을 이어받아 탄생했다. 그 당시 많은 과학자들은 자연 현상 또는 기상학을 재현하는 '모방 실험'을 했다. 실제로 윌슨은 스코틀랜드 산악 지역을 답사하면서 종종 구름 사진을 찍곤 했다고 한다. 공교롭게도 영국을 대표하는 풍경화가 존 컨스터블John Constable도 평생 구름을 그렸다. 컨스터블은 마치 기상학자가 일기로 기록하듯 그날그날의 날씨와 구름을 그림으로 남겼다.

나는 주말이면 종종 한강을 몇 킬로씩 달리곤 한다. 운동도 운동이지만, 자연을 구경하는 재미가 있다. 실내에서 같은 동작을 반복하는 운동은 쉽게 질려 하면서 한강을 걷는 건 아직 지루한 적이 없다. 내 산책을 함께해주는 구름이 있어서일 게다. 그것도 시시때때로 달라지는 구름. 하늘은 한 번도 같은 얼굴, 같은 구름을 보여준 적이 없으니 말이다. 달리면서 함께 표정을 바꾸는 구름을 보고 있자면 구름 상자를 만들어낸 윌슨이, 구름을 그렸던 컨스터블이 알려준다. 그때 가졌던 초심을 잃지 말라고. 얼마나 기쁜 마음으로 이 일을 하기로 마음먹었는지, 그 소중한 찰나의 구름을 잊지 말라고 말이다.

창 속의 작은 세계

최초의 현미경을 통과한 빛

초등학교 시절 과학 시간에 처음으로 현미경을 이용해 작은 생물을 관찰해본 일은 놀라움과 설렘으로 가득했던 하나의 사건으로 기억난다. 과학실에 둘러앉아 선생님이 설명해 주시는 순서대로 양파 껍질을 벗겨내 염색하고, 대물 렌즈의 위치를 잡고 다이얼을 돌리면서 초점을 맞춰보자니, 마치 내가 진짜 과학자가 되기라도 한 듯 전문적이고 멋있는 사람으로 느껴졌다. 양파 껍질을 확대해서 보니 촘촘하게 세포들이 이어져 붙어 있고, 그 안에 동그란 핵도 있었다. 이 멋진 기구가 내 방에 있기만 하다면, 나는 머리카락이며 먼지며 작은 벌레들을 구해와 종일 이

것만 들여다보고 있어도 심심하지 않을 것 같았다.

　지금으로선 상상하기도 힘든 과밀 학급을 감내했던 80년대 후반의 초등학교 교실에서 육십 명에 달하는 학급 친구들이 한 번씩 현미경을 만져봐야 했으니 한 어린이가 맛보는 그 경험은 실상 얼마나 짧은 순간이었겠는가. 현미경이라는 이 멋진 도구는 금속이라는 물성이 주는 차가움과 매끄러움이 탑재된 외형만으로도 시선을 끈다. 현미경을 자세히 들여다보면 다소 복잡한 듯하지만 사실상 최소한의 기능만을 수행하는 작은 부속품들이 유기적이고 조직적으로 얽혀 각자의 몫을 훌륭히 해낸다.

　도구를 빌려 배우는 과학이란 어린 우리를 일상에서 절대 경험할 수 없는 전혀 새로운 세상으로 인도해주었다. 빛이 겹겹이 놓인 작은 유리 렌즈들을 차례로 지나 작은 세계에 도달한다. 그리고 그 작은 우주의 형상을 품은 빛은 다시 지나온 길을 거쳐 우리의 눈에 들어온다. 빛의 경로를 따라가는 이 짧은 여행은 매우 직관적이고 단순하지만, 동시에 그 단순함은 어린아이에게 스스로 자연의 법칙을 한 가지 이해했다는 지적 만족감을 주기에 충분했다.

　최초의 현미경은 네덜란드 발명가 안톤 판 레벤후크Anthony van Leeuwenhoek가 발명했다. 그는 비록 수학과 물리학을 최소한의 기초 교육 수준으로 받았지만 꾸준한 관찰과 노력으로 인류

〈베르메르 빛, 현미경과 고양이〉, 2022, 캔버스에 아크릴

에게 현미경이라는 거대한 발명품을 안겨주었다. 비슷한 시기에 로버트 훅Robert hooke도 현미경을 발명해 코르크 조직을 관찰했다. 코르크를 확대하여 보면서 그 조직이 마치 벌집 같은 모양이라고 하여 이를 작은 방, '세포cell'라 이름 붙였다. 두 사람 모두 공통으로 유리 렌즈를 이용하여 빛을 모아 사물을 비추는 형태의 현미경을 제안했고, 현미경으로 관찰한 미생물의 세계, 박테리아, 작은 생물, 바늘 끝, 섬유 자락 등을 글과 그림으로 기록해 남겼다. 그리고 이 훌륭한 발명품이 산업 혁명을 타고 확산되자, 루이 파스퇴르Louis Pasteur 같은 화학자는 미생물이 질병의 원인임을 입증하게 된다.

돌이켜 보니 내가 어린 시절에 꿈꾸던 과학자의 모습은 다소 단편적이고 정형화된 것이었는데 주로 책이나 텔레비전에서 본 하얀 가운을 입고 현미경을 들여다보는 모습 등이었다. 어쩌면 지금도 많은 어린이들이 파스퇴르와 같은 모습을 전형적인 과학자의 이미지로 가지고 있을지도 모르겠다. 가운을 입고 보안경을 쓴 화학자가 색이 다른 액체들을 섞으면 무서운 폭발물이 되거나 인류를 구하는 알약이 만들어지는 그런 모습 말이다. 그래도 그런 모습을 마음에 품는 것만으로도 의미가 있다고 생각한다. 자라서 정말 과학자가 되기까지의 긴 여정과 고된 일상을 견디기 위한 첫 번째 동기 부여로는 말이다.

　　재미있는 것은, 내가 그렇게 현미경이라는 기기에 매료된 지 정확히 삼십 년 뒤에 정말로 현미경을 만드는 사람이 되어 있다는 점이다. 비록 처음의 경험이 주는 강렬한 인상과 설렘은 이제 없어지고 그렇게 우아하고 멋진 최초의 현미경의 모습도 아니지만 시작과 과정, 그 끝이 일치한다는 것은 그 자체만으로도 참으로 매력적인 사실이 아니겠는가. 빛을 탐구하는 내 연구 분야를 낯선 사람에게 말할 때 복잡한 설명이 어려울 때면 나는 독특한 형태의 현미경을 만드는 일을 한다고 축약하곤 한다. 그 현미경이라는 도구의 의미가 내게는 그렇듯 소중하다.

　　현미경이라는 유리창을 통과한 빛은 낯선 물체의 이미지를 우리의 눈으로 옮겨주었다. 작은 유리창 속에는 새로운 우주가 들어 있다. 이 작은 창을 들여다보려고 하지 않았다면 우리는 알지 못했을 것이다. 그런 우주가 세상에 있다는 사실조차. 인류의 헌신과 노력, 그리고 무엇보다도 가장 중요한 호기심이 그 새로운 우주를 우리에게 소개해 주었다. 그 우주를 자유롭게 유영하는 것은, 우리가 앞선 그들로부터 받은 선물인 셈이다.

꼬리에 꼬리를 물고
한 바퀴 돌아서 다시 빛

우리는 작은 못 자국 하나도 못 지나치지

대학원 시절 광학 기술을 배우기 위해 네덜란드 델프트에 여러 차례 방문한 적이 있다. 인터넷이 원활하지 않던 시절 네덜란드에 대한 정보는 너무나 단편적이라 어릴 때 동화책에서 본 풍차나 튤립이 전부일 정도로 나는 무지했고 그곳은 낯설었다. 작은 트렁크 하나를 끌고 한겨울 한밤중에 도착한 델프트 중앙역에서부터 시작된 여정이 이렇게 길어질 것이라곤 그땐 미처 생각도 못 했다. 덕분에 이렇게 많은 사람들에게 오랫동안 빛 이야기를 들려줄 수 있는 사람이 될 줄은 말이다.

매해 방학 시즌에 맞춰 가느라 겨울에 주로 방문했던 델프트의 기억은 해가 있는 낮 길이가 짧은 북반구 고위도의 나라답게 주로 어둡게 남아 있다. 바다보다 낮은 땅이라는 별명처럼 도시의 길과 집은 짙은 물길 사이사이에 잠겨 지어져 있어 낯설기 그지없다. 집 안에 빛을 조금이라도 들이기 위해 창문을 크게 만들고 커튼을 치지 않는 것도 이곳에선 흔히 볼 수 있는 독특한 풍습이다.

　나 같은 이방인에게도 고스란히 전해지는 독특한 네덜란드의 겨울 모습을 화폭에 담아낸 사람 중에 베르메르Johannes Vermeer만한 화가가 또 있을까. 베르메르는 한평생 델프트에 살았다고 알려져 있고 남겨진 그림은 삼십여 점밖에 없어 그의 삶 자체가 베일에 싸여 있다고 해도 과언이 아닐 것이다. 베르메르의 그림 중에 풍경은 단 두 점(〈델프트 풍경〉, 〈작은 거리〉)이고 나머지는 주로 실내에서 그린 인물화다. 주로 왼쪽 창가에서 쏟아져 들어오는 빛을 머금은 실내 풍경과 그 풍경 속에 마치 살아 있는 듯 생생하게 들어앉은 사람의 옆모습이 자주 등장한다. 베르메르의 그림을 보고 있자면 그 당시 실제로 그랬을 것만 같은 차분한 델프트 사람들의 일상이 고스란히 전해져 편안함이 느껴지곤 하는데, 그의 실내 그림이 주는 안정감에는 비밀이 한 가지 숨어 있다.

　그것은 바로 소실점이 주는 원근감이다. 이 원근감은 레오

나르도 다빈치Leonardo da Vinci의 그림에서 매우 중요한 역할을 한 것으로 유명하다. 다빈치는 실내 구조물의 직선이 연장되는 선상에 소실점을 배치해 관람자가 실제 공간에 들어와 있는 느낌이 들 정도로 입체적이면서도 안정된 구도로 그림을 그려냈다. 그의 걸작 〈최후의 만찬〉 속 천장과 벽이 맞닿는 모서리와 창틀의 선들을 이어보면 정확히 한 점에서 모이고 그 자리에 그림의 주인공인 예수의 얼굴이 있다.

이러한 소실점 구도를 베르메르도 잘 활용했다. 델프트 시내 중심에 베르메르 기념관이 있다. 우리에게 유명한 〈진주 귀걸이를 한 소녀〉와 같은 베르메르의 대표작들은 이웃 도시인 덴하그Den Haag의 마우리츠 호이스 미술관Royal Picture Gallery Mauritshuis에서 소장하고 있어 이 기념관에는 작품보다는 베르메르의 작품 활동 전반에 관한 소개가 주를 이룬다. 또 그가 활동하던 당시 아틀리에의 모습도 그대로 재현되어 있다.

기념관 안에는 콜린 퍼스 주연의 〈진주 귀걸이를 한 소녀〉 영화에도 등장했던 옵스큐라obscura(바늘구멍 사진기에 렌즈를 붙이고 비치는 형상을 그대로 종이에 대고 그릴 수 있게 해주는 장치)도 있다. 카메라의 전신이라고 볼 수 있는 옵스큐라가 실물을 일정한 비율로 축소시켜 화가들이 정확한 비례로 그림 속에 담을 수 있게 도와주는 장치였다면, 베르메르에게는 또 한 가지 비법, 바로

'못'이 있었다. 그의 작품의 진위를 가릴 때 그림에 남은 못 자국을 꼽기도 할 정도로 그에게 못은 특별한 물건이다. 그는 소실점의 위치에 못을 박고 실을 걸어, 실을 따라 실내 풍경에 존재하는 직선들을 그려 그림의 구도를 잡았다고 알려져 있다. 그의 그림에서 풍기는 완벽한 안정감은 바로 이 못의 도움으로 완성된 것이다.

베르메르 기념관에서 그의 못에 관한 설명을 읽고 있자니 어린 시절 공사터에서 집 짓는 걸 구경했던 일이 생각났다. 초등학교 시절 동네 공터에서 집을 새로 짓는 공사가 한창이었는데, 집을 짓는 과정 하나하나가 어찌나 신기하고 놀랍던지 구경하느라 하굣길에 일부러 그 골목들을 둘러서 지나곤 했던 기억이 있다. 목공으로 집의 골격을 만들고 벽돌을 쌓아 벽을 채우고 타일과 마루, 도배로 이어지는 공사의 매 단계가 다음 과정과 유기적으로 연결되어 하나의 집이 완성되어가는 것은 마치 기승전결이 훌륭한 소설책처럼 흥미진진 그 자체였다. 그중에서도 제일 흥미로운 부분은 벽돌을 줄 맞춰 쌓는 단계였다. 시멘트를 투박하게 올리고 그 위에 벽돌을 촘촘하게 놓는데, 기사님들은 벽돌 줄을 어떻게 그렇게 잘 맞춰 완벽하게 평평한 벽을 만들 수 있을까. 답은 바로 못과 실이었다. 못에 실을 팽팽하게 걸어 가로와 세로 선을 미리 잡아놓고 이 실에 맞춰서 벽돌을 쌓아간다. 직관적이고 단순한 데다 이만큼 정확한 방법이 또 있을까. 마치 베르메르가 그랬던 것처럼. 도구를 사용하는 사람들의 비상함은 동서고금을 막론하고 하나로 연결되어 있다.

최근에 실내 인테리어 공사 과정을 지켜본 적이 있다. 조적 벽을 쌓거나 벽에 네모난 타일을 붙일 때 레이저 빔을 사용하고 있었다. 레이저의 대표적인 특징 중의 하나가 바로 '빛의 직진성'이다. 팽팽하게 당겨진 실이 안내해주던 완벽한 직선을 이제는 직진하는 빛인 레이저가 대신해 만들어주는 것이다. 나의 델프트 생활에 한줄기 따스한 햇살과도 같았던 베르메르의 그림들. 빛 이야기를 들려준 베르메르의 그림을 감상하다가 문득 못 자국을 보고 어린 시절 추억 여행을 잠시 했는데, 다시 빛 이야기로 귀결이 되었네. 이럴 때마다 생각한다. 아유, 이건 직업병인가 보다.

어릴 때 레고를 좋아했나요?

0부터 무한대의 자유

실험실에 새로 합류하는 학생과의 첫 번째 면담 때 종종 물어보는 질문이 있다. "어릴 때 레고를 좋아했나요?" 나에게 그림 그리기가, 레고로 집 짓는 일이, 하물며 동네 공사터에서 실제 집을 짓는 과정을 구경하는 게 너무나 좋아했던 일이었지만 모두가 그럴 리는 없을 것이다. 그런데 그걸 왜 물어보냐고? 광학 실험은 완성된 형태의 장비를 이용하는 경우가 별로 없다. 일정한 간격으로 구멍이 숭숭 뚫린 넓은 광학 테이블에 구멍에 맞춰 끼울 수 있는 형태로 제작된 각종 렌즈와 거울, 부속품들을 조립하고 해체하는 일을 수없이 반복하는 게 연구의 시작이다. 레고에 들어 있는 초록색 바닥 판에 알록달록한 블록을 쌓는 일과 상당히 닮아 있다. 집의 크기는 얼마큼일지, 어디에 문을 내고 어디에 창문을 낼지 다 우리가 상상해서 만들지 않았던가.

광학 실험은 우선 무엇을 측정할지 대상을 정하고, 얼마만큼 세고 약한지, 어떤 색깔의 빛이 필요한지 선택한다. 그리고 빛이 어떤 경로를 지나 우리가 보고자 하는 물체와 만나게 할지 머릿속으로 구상한다. 집을 대강 그려보는 거다. 전체적인 모양이 정해졌으면 이제 빛이 그 경로로 지나갈 수 있도록 골목 모퉁이마다 거울을 놓는다. 또 빛이 모였다가 퍼질 수 있도록 중간 중간 렌즈를 놓는다. 어떤 물리량을 재기 위해서 소위 형상이 일정치 않은 거대한 현미경을 만드는 일인 셈이다. 무엇을 볼지 대상에 따라 그 현미경은 자유자재로 모양이 달라져야 하고 이 형태는 가짓수가 무한대다.

이 무한대의 가능성이 어떤 이들에게는 자유로움과 즐거움이 되고, 어떤 이들에게는 괴롭고 고민스러운 일이 되어버린다. 내가 그런 엉뚱한 질문을 하는 이유는 대체로 레고를 좋아했던 사람들은 이 일을 즐겁게 생각하더라는 통계치를 가졌기 때문이다(물론 예외는 언제나 존재하지만!). 어릴 때 레고 놀이를 좋아했던 사람은 집을 만들고, 다시 부수고 학교를 만들거나 병원을 만들고, 그렇게 집을 짓고 부수기를 주저하지 않는다. 한번 완성된 집을 부수기를 꺼린다면, 두려워하고 귀찮아한다면 광학 연구는 그만큼 수행할 수 있는 종류와 크기가 줄어들어 버린다.

실험 물리학자의 일이란 어찌 보면, 남들이 보기엔 그리 중요하지 않아 보이는 일련의 사건들을 집요하게 들여다보면서 거기에 의미를 부여하는 일인지도 모르겠다. 처음에는 나도 이 레고로 집짓기가 무엇인지 와닿지 않아 애를 먹었다. 초년 시절 선배들의 실험을 옆에서 도우면서 장비를 사용하고 레이저를 만드는 일을 배울 때였다. 레이저 실험을 할 땐 레이저 빛만 잘 보기 위해 실험실 불을 끄고 캄캄하게 만든다. 다섯 시간가량, 선배는 어떤 부속품의 나사를 미세하게 조정하면서 컴퓨터 화면에서 신호가 조금 줄었다 늘었다 하는 과정을 살피기를 반복했다. 옆에서 지켜보자니 단순하고 반복되는 동작 중에서 어느 부분이 중요한지 전혀 감도 오지 않고 주변이 캄캄하고 조용하니 졸리기 일쑤였다. 중간에 어떤 질문이라도 할라치면 선배는 그 과정을 잠시 멈추고 생각하거나 몸을 돌려 답변을 해주어야 하니, 어쩐지 일을 방해하는 것 같은 생각이 들어 점차 의기소침해지곤 했다.

단순한 동작의 반복을 보고 있자니, 연구 초년생에게 그 지루한 육체노동에서 학문적인 의미를 찾기란 좀처럼 쉽지 않았

〈코펜하겐 뉘하운〉, 2020, 캔버스에 아크릴

다. 이것은 내가 고대하던 실험 물리학자의 길이 아닐지도 모른다. 간단한 법칙으로 세상의 모든 이치를 설명하는 물리학, 그 중에서도 빛의 과학, '광학'이야말로 시각적으로 재미있는 현상을 보고 자연의 법칙을 찾아내는 '물리학의 꽃'이 아니었던가. 그런 나의 기대와 달리 대부분의 광학 실험 작업은 상당히 지루하고 더디기만 했다. 시각적으로 그럴듯한 아름다운 현상을 관찰할 기회는 좀처럼 없었다. 그러나 그 지루하고 육체적으로 고통스러운 시간은 정말 기대했던 연구를 시작하기에 앞서 꼭 필요한 훈련의 과정이었을 뿐, 그리고 그 과정이 고될수록 뒤에 얻는 열매가 더 달다는 아주 명료한 세상의 이치를 긴 수련을 거치고서야 깨닫게 된다. 레이저가 잘 만들어지는 조건을 찾고, 신호의 크기를 아주 미세하게 조절할 수 있을 정도로 장비들이 손에 익으니 비로소 본격적인 실험이 가능해졌다. 충분히 준비되고 나니 레고로 집도 짓고 나무도 심고 자유롭게 해볼 기회가 오는 것이다.

　　박사 학위를 받고 미국의 로스앨러모스 국립 연구소 연구원이 되어 떠나기 전에 그곳에서 근무한 적이 있었던 선배가 해준 말이 있다. "네가 가는 연구소의 그 그룹은 연구비도 풍족하고 압도적으로 넓은 실험실에 전 세계에서 귀하고 좋은 장비들이 즐비하기로 유명해. 그곳에서 네가 얻을 수 있는 것은 간단히 말해서, 0부터 무한대까지야. 그곳엔 정해진 틀도 규칙도 없지. 네가 어떻게 하느냐에 따라서, 네가 얼마큼 할 건지에 따라서 너의 성과의 양과 질 모두 0에서부터 무한대까지 바뀔 수 있어. 네가 연구의 자율성이 중요하고 이런저런 아이디어가 많은 사람이라면 굉장히 바쁠 테고 그만큼 많은 것을 얻게 될 거야. 하지만 네가 잘 만들어진 매뉴얼에 따라 성실하게 주어진 임무를 수행하고 따라가는 성향의 사람이라면, 넌 그곳에서 철저하게 외롭고 심심할 거야. 왜냐하면 아무도 너에게 지시를 내리거나 너를 케어해주지 않을 거거든."

어쩐지 나는 그 말이 전혀 무섭거나 두렵게 들리지 않았다. 그 무한의 자유를 느껴보고 싶은 강한 충동이 일었고, 얼마나 더 배울 수 있을지 얼마나 더 성장할 수 있을지 설레기까지 했다. 신나게 집짓기를 할 수 있는 곳이라는 뜻이었으니 말이다. 선배의 말 그대로 미국 연구소에서의 연구는 다양한 크기의 형형색색 레고 벽돌과 함께 제공된 무한한 자유, 그리고 그에 따르는 책임과 실적에 대한 압박 사이를 아슬아슬하게 오가는 '밸런스 게임' 같았다. 나는 그 밸런스가 무너지지 않도록 적절한 긴장감을 유지하면서 나만의 집짓기를 잘할 수 있는 노하우를 차곡차곡 쌓고 배웠다.

학위를 받는 과정이 배움의 연속이라면 이후 '박사 후 연구원'은 독립적으로 실험실을 꾸려 운영하기까지, 즉 연구 책임자가 되기 위한 본격 수련의 과정이다. 그 과정을 거쳐 한국에 돌아와 내 실험실을 만들고 학생들을 지도하는 연구 책임자가 되는 동안 나는 수없이 다른 모양의 집을 짓고 부수기를 반복했다. 그런데 선배의 말이 반은 맞고 반은 틀렸다. 무한한 가짓수의 레고 블록을 빌려 본격적인 내 집짓기를 배우는 동안, 한편으로는 사람들이 나를 온전히 내버려두지는 않았다. 그곳에서 너무 좋은 동료 연구자들을 많이 만났다. 누가 어떻게 생긴 집을 짓고 있는지 매일 서로 들여다보며 참견해주는, 좋은 소통법도 배웠다. 그들이 없었다면 아무리 그 좋은 집짓기였어도 끝까지 버텨내기 어려웠을 것이다. 결국, 연구도 혼자서는 할 수 없는 일이기 때문이다.

과학자와 화가가 만나면
무슨 이야기를 나눌까?

성실함과 꾸준함에 관한 동질감

과학자와 화가가 만난다. 과학자는 실험실과 과학에 관해 이야기하고, 화가는 그 속에서 재미있는 이야깃거리를 찾아내 작품을 만든다. 서로 접점이 전혀 없을 것 같은 극과 극지방에서 온 두 사람이, 서로의 언어조차 다를 것 같은 두 사람이 어떤 대화를 나눌 수 있을까. 나는 조금 독특한 길을 돌아서 걸어온 사람이지 않은가. 과학자를 꿈꾸었다가 화가를 꿈꾸었다가 거리상으로도 오백 미터는 족히 떨어져 있을 두 건물을, 심리적으로는 오백이 아니라 오백만 미터는 넘을 것 같은 두 분야 사이를 뛰어다녔던 사람인데. 그래도 낯설다. 이거 아니면 이거 둘

중에 선택이 아니라 두 개가 합쳐져야 하고 시너지를 내야 한다는 숙제가 주어지니까 더 어렵게 느껴진다.

　내가 속한 연구소에서 재미있는 프로젝트를 추진한 적이 있다. 과학기술 연구 분야에서도 전 세계적으로 융합이 대세고, 학문 간 융합이라는 대명제는 어찌 보면 이 시대의 큰 화두라 할 수 있다. 이에 화답하기 위해서 두 분야의 사람들이 한번 만나보고, 서로에게 영감을 줄 수 있는지 어떤 놀라운 작품이 만들어질지 야심차게 그 첫발을 떼어본 것이다. 나는 이 행사를 첫해부터 세 번 참가할 기회를 얻었고, 세 명의 다른 작가를 파트너로 만났다. 우연히도 세 번 모두 전혀 다른 방식으로 작품 활동을 하는 작가들이었다. 고전적인 방식의 회화부터, 설치 미술, 키네틱 아트(외부에서 물리적인 힘을 가하거나 자극을 주어 움직이는 부분이 포함된 예술 작품)까지 방식도 주제도 다양했다.

　작가들과의 첫 만남의 시간, 대중 강연에 종종 서는 나조차도 첫 만남부터 그들에게 연구 이야기를 꺼내기란 쉽지 않은 일이다. 연구 주제를 설명하는 데 있어 아무리 쉽게 표현한다고 해도, 살면서 한 번도 접해 보지 않았을 전문 용어의 의미들을 한 시간 안에 이해하는 것은 불가능하다. 그렇다고 해서 무작정 쉬운 말로 풀어서 설명하면 본질적인 의미를 훼손하거나 많은 중간 과정을 생략하고 전체적으로 의미를 납작하게 만들어버려 알맹이가 사라지게 된다. 평소에도 '대중들에게 과학을 친절하게 설명한다'는 일은 애초에 불가능하거나, 매우 많은 중요한 의미를 놓칠 위험성을 갖는다. 그래서 많은 연구자가 훌륭한 성과를 학회에 발표하고 이를 대중매체에 소개할 때 어려움을 겪는다. 대부분의 내 주위 연구자들은 완벽하게 이해를 시키는 것을 조금 양보하곤 한다. 억지로 쉽게 만들기 위해 본질을 훼손하는 쪽을 더욱 꺼리기 때문이라고 볼 수 있다. 이런 게 연구자의 본능인 것 같다. 그런 의미에서 작가들을 단번에 이해시킨다는 것은 애초에 무리한 욕심일 것이다.

나는 그동안 이 프로젝트를 하면서 매 프로젝트 때 평균적으로 다섯 번 정도쯤은(어떤 경우에는 훨씬 더 많이) 작가들을 만났던 거 같다. 어떨 땐 작가가 연구소를 직접 방문해서 실험실을 구경하기도 했다. 어떤 작가는 연구소의 실험실 내부를 보며 상당히 놀랐다고 말했다. 아마도 그의 머릿속에 과학자의 전형적인 모습이 마치 내가 어린 시절 그러했듯이, 하얀 가운을 입고 깨끗한 테이블 위에 놓인 현미경을 들여다보는 모습이어서일 게다.

실상 빛을 연구하는 광학자의 테이블에는 여러 가지 광학기구며 렌즈나 거울 등이 어지럽게 놓여 있고 부품들은 언제든지 해체하고 다시 조립할 수 있는 형태로 미완성인 채 정신없이 조립되어 있다. 이것은 마치 테이블 위에 레고나 과학 상자 내용물을 우르르 쏟아놓은 모양새랑 비슷할 것이다. 그리고 한켠에는 각종 전자 장비를 연결하거나 구동하기 위한 회로와 전선이 어지럽게 쌓여 있다. 발 디딜 틈 없이 좁은 공간 속에서 갈 곳을 찾지 못해 어지럽게 놓인 크고 작은 장비나 부속품들, 그게 실험실의 실제 모습이다. 그 작가는 이 모습이 쇠도 깎고 용접도 마다하지 않아야 하는, 흡사 설치 미술 작업을 하는 본인의 작업실과 닮아 있다며 굉장히 반가워했다.

이렇게 조금씩 서로의 접점을 찾아가면서 너 나 할 것 없이 현장에서 느끼는 노동의 고됨에 관해 이야기를 시작하자 무언가 서로 굉장히 비슷한 일을 해온 사람 같다는 동질감이 생겨났다. 이제부터는 이야기가 훨씬 쉽게 흘러가기 시작한다. 정확한 명칭이나 의미를 알아채기 어려운 과학 기술 용어나 개념이라도 일단 이렇게 마음을 열고 듣기 시작하면 훨씬 잘 받아들여짐은 당연한 일. 서로가 높게 쌓고 있던 미지의 세계에 대한 장벽은 생각지 못하게도 정신없고 복잡한 작업 환경에서 열심히 일하며 살아왔다는 공통분모 하나로 눈 녹듯 사라져버린 것이다.

내가 작가의 작업실을 갔을 때의 첫인상도 비슷했다. 작가의 작업은 이차원 평면 캔버스에서 삼차원이 될수록, 거기에 추가로 움직임이 가미된 설치 미술의 형태로 갈수록 복잡하고 험

난해진다. 사용법이 까다롭고 위험한 장비들도 능숙하게 다룰
수 있어야 하고 안전에 항상 신경 쓰면서도 한편으로는 작품의
완성도에 대한 열망 때문에 마지막까지 놓칠 수 없는 긴장감이
공간을 가득 메우고 있었다. 미술관에서 마주하는 아름답고 우
아한 작업물 너머에 숨길 수 없는 긴장감과 인고의 시간, 고된
땀방울이 서려 있다. 불현듯 프랑스 화가 밀레Jean François Millet
의 그림들이 떠오른다.

　밀레의 〈이삭 줍는 사람들〉, 〈만종〉에는 그림 자체의 완성
도와 미적인 감동을 넘어서 노동에 대한 경외심이 오롯이 담겨
있어 그 감동이 배가 된다. 밀레의 그림은 다양한 의미로 상징
이나 은유를 함유하고 있다고 해석되기도 한다. 그러나 오르세
미술관에서 직접 밀레의 그림들을 봤을 때의 감동은, 복잡한 해
석이나 숨어 있는 다른 의미가 아니었다. 그저 그림에 표현된
'일하는 사람들'. 밀레의 붓을 거쳐 차분하게 묘사된 그들의 형
상이 있는 그대로 감동을 준다. 직업의 종류를 불문하여 성실하
게 일하는 사람들의 모습은 언제나 순수하고 그래서 존경받아
마땅하다고 생각한다.

　우리는 과학자와 화가의 천재성이라던가 번뜩이는 아이디
어가 아닌, 일상의 성실함과 꾸준함에 대해 오랫동안 이야기하
며 눈높이를 맞추어 나갔고 서로의 지치지 않는 호기심과 열정

에 대해 몇 번이고 감탄했다. 그렇게 같은 눈높이에서 비슷해진 언어로 연구를 소개하고 개념을 형상화하는 아이디어를 냈다. 몇 달이 흐르고 몇 번의 만남을 이어가며 초기의 투박했던 아이디어는 점차 섬세하게 다듬어지면서 모양을 갖추어 나간다. 어떤 작가와 함께했던지, 작품의 종류가 어떤지에 상관없이 미술관에 작품이 자리 잡고 관람객을 맞이할 준비를 끝낸 순간에 느끼는 감격스러움은 언제나 같은 크기였다. 이 프로젝트의 진짜 묘미는 작품 자체보다도 작품이 완성되어가는 시간과 과정을 공유하는 것이기 때문일 것이다. 반대의 극지방에서 서로 다른 언어를 쓰면서 살아온 사람들이 만나서였기 때문에, 그 감동의 여운이 더 오래감은 말할 것도 없다.

눈에 보이지 않는 빛

보이지 않는 빛으로 볼 수 있는 새로운 세상

숫자로만 표현된 방사선의 개수를 눈으로 직접 확인하고 싶어서 구름 상자를 만들고, 그렇게 내 손으로 직접 만들어낸 찰나의 구름 때문에 나는 실험 과학자가 되기로 했다. 그런데 아이러니하게도 지금 내가 연구하는 주된 분야는 '눈에 보이지 않는 빛'이다. 빛이 눈에 안 보일 수 있냐고? 그럼 그게 빛이 맞을까? 우리가 눈을 통해 보는 빛은 사실은 빛의 일부다. 빛은 넓은 스펙트럼을 다시 쪼개서 방사선, 자외선, 가시광선, 적외선, 테라헤르츠파, 마이크로파, 전파 이렇게 나눌 수 있다. 이 중에서 사람이 볼 수 있는 빛은 가시광선뿐이다. 사람의 눈 세포가 빛

일부에만 반응하게 되어 있어 우리는 그 일부만 인지할 뿐이다. 갯가재나 꿀벌 같은 동물은 사람이 절대 보지 못하는 자외선도 볼 수 있다.

나는 이 넓은 빛의 스펙트럼 중에 테라헤르츠파라고 불리는 파장(또는 주파수) 영역의 빛을 이용해 사물의 이면을 보는 연구를 하고 있다. 그래서 사람의 눈 세포가 반응하지 못하는 영역의 빛에 반응할 수 있는 장치, 즉 특별한 검출기를 이용해 간접적으로 '보는' 일을 하는 것이다. 우리가 가시광선을 다시 파장별로 촘촘하게 나눠서 빨간색, 노란색, 파란색 이른바 색이라고 부르는데, 내가 연구하는 테라헤르츠파는 이렇게 다양하고 예쁜 이름을 가지고 있지는 않다. 사람이 보지 못하는 영역의 빛들은 대체로 넓은 스펙트럼을 아우르는 대표 이름만 가질 뿐이고 촘촘하게 나눠서 부를 때는 숫자로 말한다. 예를 들어 0.5테라헤르츠, 1테라헤르츠, 이렇게 숫자와 단위로 함께 부른다. 이 테라헤르츠파는 먼 우주에는 존재하나, 지구상에는 존재하지 않는다. 이렇게 특정한 영역의 빛을 간접적으로 발생시키고 감지하기 위해 레고로 집짓기처럼 복잡한 광학 장치들을 조립한다. 비유하자면, 나는 테라헤르츠 현미경을 만드는 일을 하는 셈이다.

테라헤르츠 눈(이라고 하자. 테라헤르츠파를 검지하는 검출기를 말한다)을 가지고 볼 수 있는 것과 볼 수 없는 것의 정의는 기존에 우리가 알고 있던 모든 '보이는 것'들의 세계관을 전복시킨다. 이 빛은 일반적으로 우리가 아는 가시광 빛과 성격이 완전히 달라서, 종이를 뚫고 지나간다. 누군가가 종이로 만든 상자 속에 고양이를 몰래 숨겨두었다면 테라헤르츠 눈은 단번에 그걸 알아낸다. 테라헤르츠 눈이 보는 세상에서 종이는 투명하여 보이지 않고, 상자 속의 고양이는 보이기 때문이다. 이렇듯 독특한 빛의 성질들을 활용해 여러 가지 물질을 투시해서 보거나, 맨눈(가시광선)으로 절대 볼 수 없는 물질을 찾는 데 활용할 수 있다.

우리가 공항 검색대에서 위험물을 소지하진 않았는지 검색을 할 때, 엑스레이를 이용하지 않았던가. 엑스레이는 방사선이라 그 높은 에너지가 인간의 몸에 해롭다. 요즘은 이 엑스레이를 대체하기 위해 인체에 무해한 테라헤르츠 눈을 이용하곤 한다. 테라헤르츠 눈은 직물 또한 보지 못하기 때문에, 아무리 주머니 속에 위험물을 꼭꼭 숨기고 있어도 들킬 수밖에 없다. 이 눈은 그림을 볼 때도 겉으로 보이는 물감의 색깔을 보는 게 아니라, 그 너머에 숨어 있는 밑그림과 스케치, 그리고 캔버스의 상태를 볼 수 있다. 그래서 화가가 그림을 완성하기까지 그렸다 지우기를 반복하며 보냈을 인고의 시간을 다 보여준다. 그림의

〈진리의 바다〉, 2022, 캔버스에 아크릴

생애를 보여주는 셈이다. 작품의 진위 여부를 가리는 데 결정적인 역할을 하는 화가의 친필 사인이 세월의 흔적에 묻혀 어두워진 물감 속으로 숨어버렸다 해도, 테라헤르츠 눈은 이 사인을 읽어낼 수 있다.

나는 이 독특한 빛을 이십 년 가까이 들여다보는 중이다. 그리고 다른 눈이 보지 못하는 걸 이 눈으로 볼 수 있지 않을까 매일 생각하며 주변을 관찰한다. 최근 유례없는 재난이 온 세상을 멈춰 세웠다. 눈에도 보이지 않는 작은 바이러스로부터 온 세계가 점령당한 채 속수무책으로 당하기를 몇 년째다. 이 작은 미시 세계의 자연은 상상 초월의 거대한 힘을 부려 우리를 지배했고 급기야 시간은 우리의 발목을 잡았다. 보이지도 않는 이 작은 적들과의 싸움은 도무지 끝날 기미가 보이지 않는다. 순환하는 거대한 자연의 역사가 알려주었고, 인류가 늘 그래왔듯이 우리는 자연을 쉽게 이길 수 없다. 우리가 할 수 있는 것은 오로지, 이 자연의 정체를 파악하고 정확하게 이해하고자 노력하는 것뿐이다. 눈에 보이지 않는 미시 세계에서 일어나는 일들을 우리는 어떻게 이해할 수 있을까.

우리에게 가장 근원적이고도 중요한 질문이 있다. 생명은 무엇이고, 빛은 무엇인가. 빛의 성질을 이해하고 빛을 통해서 생명의 근원에 다가가고자 하는 열망은 오랜 시간 우리들의 지적 호기심을 자극해왔다. 빛은 얼마나 작은 크기의 물체를 알아보고 좁은 틈을 통과할 수 있을까. 빛은 파장에 따라 다른 색깔로 나타나는데, 이 파장의 길이에 따라 인지할 수 있는 물체의 크기도 함께 달라진다. 자연에는 빛의 파장 길이의 절반보다 더 작은 물체 혹은 거리는 이 빛이 식별할 수 없다는 일종의 '한계'가 있다. 두 물체가 서로 매우 가까이 있다면 하나의 물체로 보일 텐데, 이들이 점점 멀어지다가 어느 순간 두 개로 분리되어 보이는 최소의 거리가 바로 이 '회절 한계'를 결정한다. 이 '빛의 회절 한계' 때문에, 매우 긴 파장인 테라헤르츠 빛을 이용하여 작은 크기의 세계를 들여다보는 건 과거에는 상상하기가 어려웠다. 그러나 눈부시게 성장한 현재의 과학은 십억 분의 일 미터에 불과한 나노 크기의 돋보기를 만들어 테라헤르츠파와 상호 작용시킴으로써 이 한계를 극복할 수 있게 했다.

이때 파장이 매우 긴 테라헤르츠 빛은 극도로 작은 창과도 같은 나노 크기의 돋보기 틈에 집속되면서 거대하게 증폭된다. 이 좁은 틈에서 왜곡되고 증폭된 빛은 우리로 하여금, 그동안 직접 볼 수 없었던 미시 세계의 자연을 들여다볼 수 있게 해주었다. 사람의 눈과 다르게 사물을 투시하고, 눈으로 볼 수 없는 미시 세계까지 들여다볼 수 있게 해준 이 빛은 앞으로도 무궁무진하게 다양한 새 옷을 입고 매력을 발산하며 우리를 놀라게 해줄 것이다.

아이러니하게도 사람의 눈에 보이지 않는 빛과 눈에 보이지 않는 크기의 돋보기를 합쳐서, 눈에 보이지 않는 작은 세계를 '들여다보고' 있는 셈이다. 나는 테라헤르츠 눈을 이용해 새롭게 들여다볼 수 있게 된 세상이 연약한 우리를 진리의 망망대해로 끌고 나가주기를 갈망한다. 셰익스피어는 『템페스트』라는 소설에서 '우리는 잠으로 둘러싸인 삶을 살아가는 꿈의 재료일 뿐'이라고 했다. 이 꿈은 악몽이 되지 않고 우리는 이 꿈으로부터 부디 편안하게 깨어나야만 한다. 재난을 맞이한 지금 우리 모두의 바람이 그럴 것이다.

새로운 세계를
탐험하는 빛

거꾸로 볼 때 더 잘 보이는 세계

과학기술 연구자들은 보통 실험을 수행하고 이를 분석하여 논문을 작성한 뒤 저널(학술 잡지)에 발표하여 세상 사람들에게 자신의 연구를 소개하게 된다. 구체적인 연구 분야마다 다르겠지만 유명한 국제 저널부터 국내 저널, 학회지 등 그 종류가 매우 많다. 소위 말해서 영향력 있는 저명한 국제 저널에 실리게 된다면 그만큼 많은 사람들이 내 논문을 볼 수 있기 때문에 연구의 완성도 자체도 중요하지만, 후에 이 저널을 고르는 일도 상당히 중요하다고 볼 수 있다. 최근에 했던 연구 중에 발상의 전환이 가져다준 흥미로운 실험과 이를 저널에 발표하면서 겪었던 재밌는 일화가 있다.

내가 연구로 주력하는 테라헤르츠 빛은 물이 잘 흡수해버려서 물속에서는 신호가 사라지는 특성이 있다. 그래서 이를 이용하여 물이 포함된 물질을 관측할 수 없다는 점이 오랫동안 일종의 한계로 알려져 있었다. 그런 한계를 극복하기 위해 다양한 기술이 개발되어왔는데, 이 빛을 국소적으로 모을 수 있는 장치를 이용한 재미있는 실험 아이디어가 떠올랐다. 물이 있으면 이신호가 사라질 것이고, 빛이 집중적으로 모여 있는 곳에서는 더욱 민감하게 물에 의해 더 많이 신호가 사라질 것이다. 거꾸로말해 그 위치에 특정한 물질이 모여 있다면 그만큼 물에 의한신호 소멸이 덜할 것이기 때문에, 물에 의한 신호의 소멸 정도를 보면서 간접적으로 그 위치에 물질이 있고 없음을 확인할 수있게 된다. 물이 신호를 없애버리는 방해 요소라는 부정적인 생각을 거꾸로 뒤집어서, 오히려 물이 있는 환경에 매우 민감한일종의 센서를 고안했다.

이 역발상 실험은 기대한 것 이상으로 성능이 좋았다. 그동안 물이 포함되어 관찰할 수 없었던 물질도 이 원리를 적용해관찰이 가능해졌다. 대표적인 예시로 물속에 숨어 있는 극미량의 초미세 플라스틱 입자를 볼 수 있었다. 초미세 입자란 초미세 먼지처럼 천만 분의 일 미터 크기의 작은 플라스틱 알갱이를 말한다. 물속에 흘러 들어갔을 경우 생명 및 환경에 위험 요소라고 판단되어, 이를 감지하는 센서 개발의 중요성이 나날이 커지고 있다. 우리가 개발한 센싱 기술로 눈으로 볼 수 없는 작은 플라스틱 입자를 모으고 민감하게 감별할 수 있게 된 것이다.

역발상으로 일궈낸 좋은 연구 내용을 국제 저널에 투고하고, 기나긴 심사를 거쳐 최종 게재가 확정되자 다시 재미있는 고민이 생겼다. 논문 게재가 확정되면, 그 논문이 실리는 잡지의 해당 호 표지에 도전해볼 기회가 주어진다. 해당 호 저널에 게재가 확정된 연구 내용을 한 장의 그림으로 제출하면, 심사를 거쳐 표지로 선정되기도 한다. 학술적 중요도, 시의성, 연구 내용의 가치 등이 표지 선정 시 지표이기에, 연구자에게는 연구 내용을 소개하기에 더없이 좋은 기회인 셈이다. 그래서 연구자들은 본인의 연구를 더욱 돋보이게 해줄 그림을 디자인 업체에 비용을 지불하고 의뢰하곤 한다.

본격적으로 대학원 진학 후 과학자의 길을 걷는 동안, 엉뚱하게도 글쓰기와 그림 그리기의 중요함을 알게 된 계기가 있다. 요즘은 본격적으로 연구 결과를 삼차원 그래픽을 이용한 그림이나 애니메이션으로 표현해주는 전문 회사들이 많이 생겨났지만, 십여 년 전만 해도 그런 곳이 드물었다. 당시 연구자들이 미술 전공자에게 연구 내용을 그림으로 그려달라고 부탁할 때,

〈바닷속을 탐험하다〉, 2022, 판넬에 아크릴

정확한 과학적 의미를 훼손하지 않고 전달하는 데 어려움을 겪는 사례를 많이 보았다. 나는 종종 동료들과 교수님들의 발표 자료나 논문 표지를 그리는 일을 돕곤 했었다.

　때로는 전문 디자이너에게 자료 준비를 의뢰할 때, 과학적 사실을 전달하고 의미를 설명하는 일을 중간에서 대신하기도 했었다. 그러다 보니, 다른 분야의 전공자에게 연구를 제대로 설명하고 그 의미를 전달하는 것이 얼마나 어려운 일인지 알 수 있었다. 또한 그만큼 두 분야를 연결하는 일이 중요하다는 것도 자연스럽게 알게 되었다. 그러면서 반대의 극지방에 있을 것 같은 두 분야를 연결할 수 있는 방법에 대해 진지하게 고민하기 시작했다. 오랫동안 이런 고민을 해온 내게, 저널 표지 도전은 독특한 나의 생각을 제대로 펼쳐볼 일종의 기회와 같이 느껴졌다.

　논문 표지는 보통 본인들의 연구가 미래 기술임을 강조하고 비전 있게 보이기 위해, 최근 발전한 CG 기술과 온갖 고급 디자인 툴들을 이용해 그려내는 경우가 많다. 그러나 거꾸로 손으로 그린 그림을 제출해 보면 어떨까. 모두가 최고 성능의 디지털 툴을 이용해 멋있는 그림을 그려서 표지를 다툴 때 역발상으로 투박한 손그림을 보내보는 것이다. 나는 이런 생각을 논문의 공동 저자들에게 이야기해 보았다. 마음씨 좋은 공저자들은 이 엉뚱한 발상을 응원해주었고, 나는 붓을 들어 무모할 수도 있는 도전을 했다. 그동안 한계로 여겨져 볼 수 없었던 물속 세계를 새로운 빛으로 탐험할 수 있다는 발상을 상징적인 그림으로 표현해냈다. 앞으로 계속하는 우리의 연구가 그렇게 새로운 세상으로 통하는 문을 열고 한 걸음 더 나아갈 수 있기를, 그 첫걸음이 되기를 바라는 간절한 마음도 함께 담았다.

결과가 어땠냐고? 진심은 통한다고 했던가. 모두가 세련된 미래지향적 그림을 내보일 때 아날로그 감성 한 스푼 얹은 손그림이 통했다. 우리가 제출한 그림이 당당하게 앞표지(front cover, back cover도 있고 inside front/back cover, 즉 속지도 있다)에 실리는 영광을 얻었다. 물론 우리는 비싼 디자인 업체에 그림을 의뢰하지 않았으니 비용도 들지 않았고 말이다. 역발상으로 얻어낸 값진 실험 결과이기에 역발상으로 그린 그림이 표지에 실림으로써 그 의미가 배가되었음은 두말할 필요도 없다.

좁은 틈을 지날 때

이 땅과 저 땅이 마주하는 곳

내가 미국 로스앨러모스 연구소에서 일하며 삼 년 남짓 살았을 때의 일이다. 내가 살던 뉴멕시코주 도시, 앨버커키에서 북쪽으로 두 시간 반가량 운전해서 올라가면, 뉴멕시코가 끝나고 콜로라도가 시작되는 경계 근처에 타오스란 유명한 지역이 있다. 타오스Taos는 해발 이천 미터의 고지대며, 북쪽으로는 푸에블로Pueblo라는 천 년째 인디언들이 거주 중인 마을 때문에 유명한데, 지금도 원주민이 거주 중인 마을을 직접 볼 수 있다.

이곳까지 가는 길에 그 유명한 리오그란데 협곡이 있다. 광활하게 넓은 대지가 마치 찢어진 것처럼 보이는 웅장한 협곡을

만날 수 있다. 이곳을 가로지르는 다리가 'Gorge Bridge(협곡
다리)'이다. 밸리Valley가 상대적으로 다소 완만한 계곡이라면, 골
지Gorge는 급격한 경사각으로 만들어진 협곡을 뜻한다. 협곡 사
이에는 리오그란데Rio Grande강이 흐르고 있는데, 이곳은 지형적
으로 리오그란데강을 중심으로 융기한 땅이 만들어낸 거대한
협곡이며 그 깊이가 이백 미터에 달한다. 그랜드 캐니언과 태생
이 같다. 압도적인 크기와 비현실적인 풍광 때문에 이미 여러
공상과학 영화 등에 배경으로 많이 나왔다. 그 협곡과 다리를
한번 보고 싶어 어느 날 우리 가족은 짧은 여행을 나섰다.

협곡을 찾아가는 길은 굽이굽이 산과 협곡, 강물이 모여 절
경을 이룬다. 우리가 찾아간 날은 맑은 하늘에 구름이 가득했다
가 이내 비가 내렸는데, 저 멀리 능선은 또 쨍하니 맑은 이상한
날씨였다. 눈 앞에 펼쳐진 풍경이 층층이 불연속적으로 다른 날
씨를 가지고 있었다. 마치 앞으로 펼쳐질 날들이 그만큼 다채롭
고 새로운 일들로 가득할 것이라며 알려주는 듯했다.

먼저 안내 센터에 들러 정보를 모아본다. 다리에 이르는 길
은 두 갈래가 있는데, 오른쪽 길은 안전하게 타오스 마을을 지
나지만 조금 돌아가는 길이고, 왼쪽은 바로 갈 수 있지만 중간
에 잠시 비포장 도로를 달려야 한다. 비도 오고 천둥도 치는 꽤
나 을씨년스러운 날씨였지만 모험을 좋아하는 우리는 과감히

비포장 도로를 택했다. 그런데 아뿔싸, 우리 차가 SUV였다면 더 좋았을 텐데, 오래된 세단을 타고 덜컹거리면서 좁은 비포장 도로를 달리는 길이 너무나 아찔하다. 창밖에 난간도 없이 바로 천 길 낭떠러지 절벽이 힐끗 보인다. 막상 한쪽 길을 선택한 이상 이젠 돌아갈 수도 없는 터. 급격한 공포가 몰려와 차 안은 적막으로 가득했다.

무서워 말 한마디 하지도, 창밖으로 고개를 돌리지도 못한 채 이십여 분쯤 달렸을까, 비포장 도로를 선택한 것을 후회한 것도 잠시 어느덧 우리가 탄 차가 마치 순간 이동을 한 것처럼 높은 협곡 위로 올라와 있었다. 신기하게도 불과 백 미터 옆은 낭떠러지인데 전혀 눈치 챌 수 없이 쭉 뻗어 있는 평지, 그리고 길가에 하늘하늘 피어있던 해바라기들. 참으로 비현실적이었다.

나는 그 순간 미국에서 유명한 많은 대도시가 아닌, (아무도 모르는) 뉴멕시코주를 선택해 자리 잡은 것이 참으로 행운이라고 생각했다. 살면서 이렇게 '대자연'을 있는 그대로 만나는 순간이 또 언제 있을까. 뉴멕시코 주변 여행은 항상 (약간의) 모험이 뒤따르긴 했지만, 마음은 이내 경이롭고 가슴 벅찬 감동으로 채워지곤 했다. 비가 오고 날씨가 스산하니 그 협곡의 깊이가 더 아찔하게 느껴진다. 이 웅장한 협곡과 다리의 모습을 맑은 날에 다시 보고 싶어 타오스 호텔에서 묵고 난 다음 날 우리는

〈좁은 틈을 지날 때〉, 2022, 판넬에 아크릴

다시 이곳에 들렀다.

변화무쌍한 날씨와 거대한 지구. 이렇게 큰 자연 앞에 우뚝 마주 선 인간의 모습은 너무나 작고 연약하게 느껴진다. 온갖 편리한 문명을 누리며 숨 가쁘게 앞으로 달려가던 어느 날 문득 이렇게 커다란 자연 앞에서 한없이 작고 비루한 자신과 마주하게 된다. 안내 센터에는 높은 곳에서 항공뷰로 찍은 여러 가지 사진들이 전시되어 있었는데, 사진 속의 협곡의 모습은 지금 우리가 직접 본 것과 사뭇 다른 느낌이었다. 다리가 시작되는 지점에서 직접 보는 이 거대하고 웅장한 협곡과 닿을 수 없이 멀게 느껴지던 저쪽 땅의 모습이 아니라, 아주 좁고 기다란 틈과 같은 모습이었다. 하늘에서 신이 이 땅을 내려다본다면 그런 형상으로 보였을 것 같다.

안내 센터의 항공뷰 사진을 본 뒤 직접 협곡에 와서, 실험 덕후인 나는 또 엉뚱한 생각에 잠겨 있었다. 내가 하는 연구 주제가 이 모습과 너무나 닮아 있다. 연구의 시작은 '굉장히 긴 파장을 가진 빛이 좁은 틈을 만나면 어떻게 될까?', '빛은 얼마나 작은 틈까지 지나갈 수 있는가?'라는 아주 기본적이고 단순한 질문에서 출발한다.

긴 파장을 가진 빛의 측면에서 본다면 이 틈은 도저히 뚫고 지날 수 없을 것처럼 좁게만 느껴지겠지. 마치 하늘에서 내려다

보는 이 협곡처럼 말이다. 틈이 아무리 좁아도 어떤 특별한 조건만 갖추면 공명이 일어난다. 공명이 일어나면, 빛은 마치 다리 위에 서서 리오그란데 협곡을 보고 있는 것과 같은 위치로 우리의 시점을 옮겨준다. 하늘에서 내려다볼 때는 좁은 틈과 같이 보였는데 시점을 바꾸니 협곡이 절대 좁지 않다. 협곡 저 너머의 땅은 여전히 아득하게 멀기만 하다. 마치 바늘구멍이 거대하게 커지면서, 낙타가 그 구멍을 통과하게 되는 것처럼 말이다.

　시점을 옮기면 세상이 달라져 보인다. 그러한 표현은 비단 소설과 시 속에서만 허용되는 것이 아니다. 차가운 과학의 세상에서도 빛은 얼마든지 우리를 이러한 신비한 모험 속으로 들여다 보내주곤 한다. 나는 하늘에서 내려다본 좁은 틈 사진을 보고 나서, 그리고 그 웅장한 협곡의 한쪽 편에 서서 그런 상념에 잠기며 혼자 조용히 웃고 있었다. 이런 재미있는 세상을 들여다보는 일을 직업으로 가지게 된 것에 감사하면서 말이다.

PART 2.

물리학으로 쉘 위 댄스?

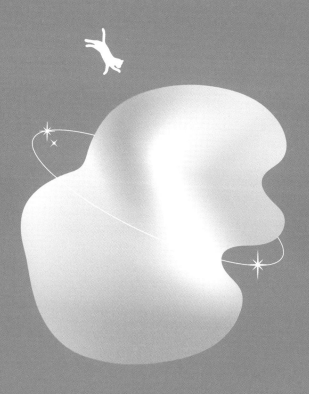

신의 선물

나의 우주와 너의 우주가 만나는 확률

나는 특별히 상담 시간office hour를 따로 두지 않고 학생들이 나 동료들과 토론을 하는 편이다. 실험실에서 평소와 다른 이상하거나 놀라운 결과를 얻었을 때 즉각적으로 호응하고 토론해주는 파트너가 있다는 것이 얼마나 좋은지 너무나 잘 알기에. 나는 최대한 그런 선배가 되어주고 싶었다. 그리고 대학원 생활을 하면서, 형식을 갖춘 그룹 미팅 외에 즉석에서 이루어지는 일대일 토론이 얼마나 큰 도움이 되는지 충분히 경험하여 잘 알고 있다. 그래서 후배든 동료든 제자든, 실험 중에 급한 결정을 할 때면 시간에 상관없이 연락해도 좋다고 항상 이야기한다. 그리고 실험 결과를 잘 정리하여 형식을 갖춰 보고하지 말고, 실험실에서 갓 얻은 날것의 데이터 그대로 보여 달라고 한다. 내가 이렇게 완전히 오피스를 개방하면서 자유로운 분위기를 조성하고자 노력하는 데는 나름의 이유가 있다.

스마트폰 메신저 따위는 없었던 내가 학생이던 시절, 어떤 연구 주제를 놓고 실험을 반복하며 교수님과 동료들과 많은 토론이 오가던 때였다. 언젠가 집에 가서 푹 자고 출근해 보니, 내 교수님과 동료 교수님, 외국의 교수님들이 어떤 아이디어를 놓고 밤새 티키타카 주고받은 이메일이 이만큼 쌓여 있는 것이었다. 거기에 내가 모두 참조되어 있었는데, 세상에! 교수님들이 밤새 이렇게 이메일로 토론하는 동안 나 혼자 세상 모르고 푹 자고 나왔구나. 이건 누가 시켜서 하는 것도 아니고, 돈을 더 주는 것도 아니고, 정말 순전히 재미있어서 밤새는 줄 모르고 나누는 물리학자들의 대화가 아닌가.

그때 이메일에서 고스란히 느껴지던 설렘과 열정이 어찌나 멋있게 보이던지, 그 모습이 바로 내 꿈이 되었다. 말이 잘 통하는 동료들과 허물없이 떠들어보는 것. 아무런 대가 없이 순수하게 궁금하고 재밌어서 설레는 마음으로 마음껏 토론해 보는 게 그대로 나의 꿈이 되었다. 이십 년이 지난 지금 그 꿈이 이루어졌냐고? 그런 선생님과 동료들이 주변에 있냐고? 물론이다! 실제로 나는 그때 이메일 사건(?)의 대부분의 교수님들과 지금까지 그런 관계로 지내고 있다. 어느덧 지금의 내 나이가 그때 교수님들의 나이가 되었다. 지금은 메신저도 다양하고 얼마나 소통이 빠르고 편리해졌는가. 은퇴를 앞두고도 여전히 밤을 잊으신 교수님들과 열정적으로 토론할 기회가 내게도 오다니 새삼스럽게 감사하다.

살면서 나와 말이 잘 통하는 사람을 만날 확률이 얼마나 될까. 단순히 말이 통하는 게 아니라, 같은 사물을 보면서 사고의 논리를 펼쳐내는 회로가 같다면 얼마나 좋을까. 우리는 태어나 자라며 부모로부터 영향을 받고, 교우 관계 및 자라온 환경과 갖가지 이벤트들을 겪으면서 다듬어지고 성장한다. 성장하는 동안에 개입하는 모든 변수는 사실상 무한대에 가까워서, 모든 개개의 자아는 달라질 수밖에 없다. 그러나 가끔 정말 우연에 가까운 확률로 전혀 다른 배경을 살아온 자아가 서로 소통하는 신기한 경험을 한다.

내가 하는 일은 실험을 하고 결과물을 얻어내고 그것을 논리로 다시 정렬하여 불필요한 사설을 걷어내고 핵심만 모아 글로 펼쳐내는 일이다. 실험실에선 인내와 체력이 필수고, 데이터를 얻고 나면 숫자로 이루어진 데이터를 볼 줄 아는 눈이 필요하다. 신호를 본다는 것은 노이즈로부터 의미 있는 패턴의 숫자

〈서울〉, 2022, 캔버스에 아크릴

들을 골라내 의미 부여를 하는 일. 공부하면서 논리를 정렬하고 글을 쓰는 건 또 하나의 거대한 다음 스텝이다. 머릿속에 논리가 있는 것과 글 타래로 풀어내는 건 전혀 다른 영역이지 않은가.

이 복잡하고 긴 프로세스 중간에 한구석만 어긋나거나 꼬이면 논리는 종착역에 닿을 수 없게 된다. 연구란 게 어떤 개인이 혼자 큰 산을 옮기는 일이 아니라고 한다. 그저 한 줌의 흙을 조심스럽게 모아 옆으로 옮기는 일이고, 그걸 위해 끊임없이 외롭게 자기 자신과의 싸움을 견디는 과정일 것이다. 그 길 위에서 아주 가끔 말이 통하는 사람을 만난다면 얼마나 반갑겠는가. 그야말로 영혼을 갈아서 넣어야 완성할 수 있는 큰일을 앞두고 우왕좌왕 헤매는 순간이라고 하자. 누군가 짠 하고 나타나 나와 같은 속도로 토론과 논쟁을 할 수 있고, 데이터를 볼 줄 아는 혜안과 글로 풀어내는 능력까지 겸비했다면, 혹시나 우리가 살면서 어느 위기의 순간에 그런 사람을 만나게 되었다면, 그 사람이 바로 '신의 선물'인 것이다. 우리 곁에 잠시 스쳐 지나갈지 머무르다 갈지 인연의 끈의 길이는 알 수 없지만, 적어도 이 순간 서로의 우주가 만나는 시공간에서만큼은 소중한 신의 선물이 아닐까.

우리는 배움이라는 오롯이 혼자 감당해야 하는 숙제를 안고 가지만, 또 한편으로는 이렇게 동료들과 함께 걸어가기 때문에 잊지 않으려고 늘 생각하는 말이 있다. "절대 우주는 나를 중심으로 돌지 않는다." "나의 우주도 있고 타인의 우주도 있다." 우리 각자의 궤도는 서로 얽혀 있어, 때로는 멀어지기도 하다가 다가오기도 하며 끊임없이 영향을 주고받는다. 서로에게 선물 같은 좋은 동료가 되어줄 수 있도록 같은 방향과 속도로 걸음을 맞추어 가자고 오늘도 이 말을 곱씹는다.

사건의 지평선에 다녀오다

오늘도 밤을 잊은 그대들에게

'빛의 속도는 같지만, 시간은 다르게 흐른다.' 가끔 우리는 무언가 재미있는 일에 몰두해 있을 때 시간이 가는지 계절이 바뀌는지 의식하지 못하기도 한다. 논문을 쓰는 것도 결국 글을 쓰는 행위라 어떨 땐 매우 재미있고 몰두하기 좋다. 마치 예술가들이 그림을 그리면서 시간을 의식하지 못하듯이, 음악가들과 작가들이 그러하듯이, 논문 글쓰기도 가끔 그렇다.

논문 쓰기란 철저하게 이성에 기반을 두어 논리를 펼치기 위해 머리가 차갑게 깨어 있어야 할 것 같은데 어떻게 재미있을 수 있냐고? 꼭 그런 것만은 아니다. 이게 해야 할 숙제가 아니고 재미있는 글쓰기라면, 연애편지라면, 한 줄의 시상이라면 단어 하나하나 고르는 데 얼마나 심혈을 기울이겠는가. 물론 항상 그렇다고 한다면 거짓말이겠지. 하지만 아주 가끔은 분명 그런 순간이 있다. '이 한 문장이 다른 연구자의 눈이 더욱 커지게 할 힘을 지닌다면 좋겠다. 아……. 이 고루하고 뻔한 한 문장 때문에 독자들은 논문을 다음 장으로 넘기지도 않고 읽기를 포기할 수도 있겠다.' 이런저런 상상을 하면서 한 문장씩 써내려가다 보니 동사 하나 고르는 데만 지웠다 쓰기를 수십 번은 부지기수.

"이게 얼마나 좋은 아이디어냐면." 하고 시작하는 말을 하려는 내 표정을 그대로 담아낼 단어가 '재미있게'가 아니라면 무엇이겠는가! 그렇게 고민하면서 즐겁게 글을 쓰는 이 작은 행위는 얼마나 에너지를 집중시키고 시간을 쉽게 잡아먹어 버리는지……. 마치 멀리서 떨어져서 보면 블랙홀 주변에 있는 '사건의 지평선event horizon' 같단 생각이 들게 한다. 사건의 지평선이란 일반 상대론에서 언급하는 시공간의 경계면으로, 지평선 너머에 있는 사람과 이쪽 편의 관찰자가 상호 작용이 어렵다는 뜻을 내포하고 있다. 블랙홀 주변에 존재한다고 알려진 이 사건의 지평선 근처에는 매우 큰 중력에 의해 시간 지연과 빛의 적색 이동이 일어난다. 영화에서 우주 여행을 하고 돌아온 우주인은 별로 나이 들지 않았는데 지구에서만 시간이 엄청나게 흘러

〈사건의 지평선〉, 2022, 캔버스에 아크릴

가 있는 바로 그 상황 말이다.

　자연에서 가장 빠른 건 빛이다. 빛을 이용해 한 곳에서 일어난 사건의 정보를 다른 곳으로 전달하는 일이 가능하다. 그러나 블랙홀의 무한한 중력 때문에 빛이 그곳을 빠져나오지 못해 아무리 오랫동안 기다려도 관찰자에게 도달할 수 없다면? 그래서 그 너머에서 어떤 일이 일어나는지 전혀 알려줄 수 없다면? 그 시공간은 바로 사건의 지평선 너머에 있는 것이다.

　나는 실험에 몰두하거나 논문을 쓰면서 온전히 글쓰기에 빠져서 시간의 흐름조차 의식하지 못하는 그 순간을 이 사건의 지평선에 비유하곤 한다. 밖에서 일어나는 일과 그 일 안에 갇힌 사람에게 시간은 다르게 흘러간다. 그래서 밖에서 걱정하고 생각하는 것과는 전혀 달리, 그 일에 푹 빠져 있는 사람에게는 그다지 고되거나 힘든 일이 아닐 수 있다. 가끔 실험실에서 빠져나오지 못하는, 논문을 쓰면서 밤을 잊은 연구자들을 보면서 생각한다. 그들의 눈빛을 보면서 마치 또 다른 사건의 지평선에서 창작 혼을 불태우는 예술가들을 떠올려도 결코 무리는 아닐 것이다.

우리를 기다려온 작품들

그것이 특별하다고 믿어야만 특별한 일이 일어난다

나는 박사 학위 논문 연구를 위해 캄캄한 실험실에서 매우 좁은 틈을 투과하는 빛의 신호를 재고 있었다. 그 틈은 빛의 파장에 비해 만 분의 일 수준으로 좁아서, 신호가 나온다고 해도 매우 작은 값일 터였다. 반복 실험을 하면서, 측정한 신호의 크기가 너무 작아 이것이 빛의 신호가 맞는지 아닌지 확신하기 어려웠다. 실험을 거듭하며 데이터를 계속 지켜보면서 역설적이게도 시스템에서 나오는 노이즈(잡음)의 모양과 크기가 어느 정도인지 가늠할 수 있게 되었다. 노이즈는 보통 우리가 보고자 하는 신호를 방해하는 잡음을 말한다. 그런데 오히려 이 노이즈의 패턴을 알고 나니, 그중에서 노이즈와 다르게 반복적인 모양으로 나오는 '노이즈보다 조금 큰 크기의 일정한 모양의 신호', 즉 원하던 빛의 신호를 확신할 수 있게 되었다!

　백만 분의 일 수준으로 작은 신호와 노이즈를 구분하는 일은 모래사막에서 바늘 하나를 찾아내는 것처럼 작은 확률로나 가능한 일일 것이다. 그러나 오히려 배제하려고 했던 노이즈의 크기를 정확하게 알고 나니 노이즈가 아닌 '신호'를 볼 수 있는 눈이 생기게 되었다. 실험은 성공적으로 수행되었고, 후에 이 연구는 내 박사 졸업 논문의 주제이자 그 이전까지 '긴 파장의 빛이 절대 볼 수 없다고 여겨졌던 작은 세계에 도달한 것을 처음으로 관찰한' 일종의 사건의 되었다. 만약에 그렇게 작은 신호를 볼 수 있는 눈이 있다고 믿지 않는다면 절대 일어날 수조차 없는 일.

　몇 년 전, 처음으로 이공계 학생들과 미술 공부를 하는 독특한 수업을 만들어 보려고 이런저런 준비를 하면서 주변에 설문지도 돌려보고 사람들이 생각하는 미술이란 어떤 것일까를 진지하게 고민해본 적이 있다. 당시 설문지의 내용 속 질문들은 살면서 미술관을 얼마나 가보았는지, 좋아하는 화가가 있는지, 기억에 남는 감동적인 작품을 만난 적이 있는지 등이었다. 나는 이 설문지를 (이공 계열을 중심으로) 수십 명의 주변 교수들과 연구원, 학생들에게 돌려 나름의 통계치를 만든 적이 있다. 평소 나의 엉뚱하고 장난스러운 면을 잘 알고 있어서일까. 대부분의 친구와 동료들은 아주 솔직하게 이 문항들에 답을 적어 보내주었다. 아무런 대가 없이 불쑥 청했던 질문에 성실하게 답을 해준 주변 친구들에게 이 자리를 빌려 감사의 인사를 다시 전하고 싶다. 답변은 예상과 크게 다르진 않았다. 소위 우리나라에서 이공계 공부를 열심히 해온 우리들은, 억지로 가야 했던 단체 관람이 아니고서는 단 한 번도 스스로 미술관에 찾아간 적이 없을 정도로 낯설다는 반응이 대부분이었다. 그러면서도 한편으론 그 미지의 세계가 어떤 곳일까, 나름의 동경과 궁금함을 표현해준 이들도 있었다. 그 호기심은 내게 마치 '관심과 열망이 있으나 어떻게 시작해야 하는지 모르겠다'라는 호소처럼 들리기도 했다. 어찌 보면 이 일을 추진하는 데 큰 원동력이 되어준 셈이다.

이공계 학생들과 함께 미술 공부를 하면서 많이 들어본 이야기가 있다. 현대미술은 어렵다. 뭔지 잘 모르겠다. 모르겠는데, 비싸다. 어떨 땐 나도 비슷하게 그리거나 만들 수 있을 것 같다. 비단 이공계 학생들뿐만 아니라 많은 사람들이 이 생각에 공감할지도 모르겠다. 명확하게 설명할 수 없지만, 미술관 문턱을 넘는 것에 분명 심리적인 일종의 장벽이 있는 것 같다. 이 불편한 감정들의 실체는 무엇일까 나는 오랫동안 이에 대해 생각해봤다. 과거의 평면 형태 캔버스 그림이라면 심미적인 관점에서 사람들의 이목을 끌 수 있었지만, 현대미술이라고 하는 지금의 작품들은 어째서 이다지도 어려운 존재가 되었을까. 현대미술이 시작된 시점으로 거슬러 올라가자면, 마르셀 뒤샹Marcel Duchamp을 빼놓을 수 없다. 그는 1917년 4월 공중화장실의 소변기 하나를 선택해 〈샘〉이란 파격적인 이름을 붙여 뉴욕 그랜드 센틀러 팰리스의 전시회에 작품으로 제출하였다. 그 밖에도 자전거 바퀴를 떼어와 전시하는 등 그의 파격적인 행보는 당시의 미술계에도 충격을 주었을 뿐만 아니라, 아직도 그 파장이 여전히 남아있다. 그는 스스로의 행동을 두고 '레디 메이드Ready made', 즉 기성품에서 어떤 선택을 하여 물건을 골라오는 일까지가 예술가의 몫이라 했다. 그리고 대중으로부터 관람이 이루어지면서 감상이 발생하면 그때야 비로소 예술품이 완성되는 것이라 했다. 바로 관찰자의 개입을 이야기한 것이다.

당시 인상파를 필두로 야수파, 입체파 등 오랜 르네상스의 전통을 깨고 연달아 등장한 새로운 미술 사조에 화단은 물론이고 그림을 감상하는 일반인들도 덩달아 예술계의 큰 변혁에 함께 놀라고 술렁였다. 과학 기술의 발전은 사람이 눈으로 보는 현상을 그대로 이차원의 사진으로 남기는 방법을 세상에 선보였고 미술가들은 눈에 보이는 것을 똑같이 그리는 회화 세계에서 큰 변화가 필요하다는 공통된 명제에 동의하기에 이른다. 그러면서 미술은 이제 미술가의 아이디어 그 자체가 작품의 본질이 되기에 이른다. 이것은 완성된 작품 자체보다 신선한 아이디어나 작업 과정 모두가 예술이라고 생각하는 전혀 새로운 미술에의 '태도'를 말한다.

우리가 미술관에 찾아가 낯선 물성의 조합이나 형태의 작품 앞에 서서 아름다움이나 심미적 의미를 찾지 못해 당혹감을 느끼는 이유가 바로 이 지점일지도 모른다. 그러나 고전 미술이 이렇듯 역사적으로 과학계의 변혁기와 맞물려 자신을 스스로 부정하고 완벽하게 새로운 창조의 방식을 거듭 추구해온 전 과정을 따라가보면 이제 그 작품들이 전혀 다르게 보일 수도 있지 않을까. 뒤샹이 말한 것처럼 관찰자가 감상을 느낄 때 비로소 작품이 완성된다면, 작품은 미완성인 채로 우리를 기다려온 것이 된다. 우리의 해석과 감상을 기다리고 있었던 것이다.

'어떤 작품이 작가의 손에서 탄생하여, 우리로부터 해석되도록 그 자리에서 우리를 기다려왔다니!' 그렇게 관점을 바꿔보면 미술관에 놓인, 어렵게만 느껴지던 그 작품들에 일종의 애정이 생겨나지 않을까. 어쩐지 앞으로는 동시대에 탄생한 현대 미술 작품들을 훨씬 더 큰 반가움과 설렘으로 맞이할 수 있을 것 같다. 연구자들이 실험실에서 얻는 데이터를 마주하는 관점도 이와 크게 다르지 않다. 내가 실험실에서 노이즈를 먼저 이해하고 나서 노이즈와 다른 진짜 신호를 보게 된 것처럼, 내 실험에 대한 애정이 없었다면 결코 도달할 수 없었을 순간이겠지. 신호를 찾기 위해 무수하게 실험을 반복하면서, 당장 그럴듯한 결과물이 돌아오지 않아도 포기하지 말고 이 일을 계속해야만 하는 중요한 이유가 있음을 깨달았다. 그 소중한 해답은 결코 짧은 시간에 우리 앞에 짠하고 나타나주지 않는다.

미술관에서 우리로부터 해석되기 위해서 우리를 기다려온 작품들처럼, 우리로부터 해석되길 기다리고 있는 데이터를 한 번 더 애정하는 마음으로 들여다볼 수 있으면 좋겠다. 다시 보면 분명히 달리 보인다. 애정을 담아서 보면 분명히 더 잘 보인다. 때로는 그런 단순한 믿음이 우리에게 큰 기회를 주기도 한다. 우리가 미처 살피지 못해 휴지통으로 들어갈 뻔했던 데이터로부터 기존의 가설을 뒤엎는 신기한 현상의 발견을, 새로운 과학적 사실을 전개할 큰 기회가 숨어 있었음을 놓치지 않기를 바란다. 여러 번 다시 본 애정하는 영화 〈쿵푸 팬더〉에 나오는 좋아하는 대사가 있다. "To make something special, you just have to believe it's special(특별한 것을 만들고 싶다면, 그것이 특별하다고 믿으면 되는 거야)."

거울 속의 나,
내가 보는 나

착각은 나의 힘

빛이 거울에서 반사되어 눈으로 들어와 보여주는 실상은 엄밀하게 진실이다. 내 모습이 거울에 보이는 형상 그대로 타인에게도 그렇게 보일 것이다. 그러나 우리는 제각기 '마음의 눈'을 가지고 있어 때때로 스스로를 다르게 인지하기도 한다. 어느 날의 나는 의외로 좀 더 똑똑하고 잘난 것 같기도 하다. 이렇게 어려운 실험을 해내다니, 이 복잡한 수식을 모두 풀어내다니. 과하지 않은 자신감은 자존감으로 이어져 큰 긍정 에너지를 만들어내기도 한다.

어떤 직업인들 그렇지 않겠냐만은 실험 물리학자에게 자존감은 매우 중요한 덕목이다. 그러지 않고서야, 스스로 가치를 얻지 않고서야, 적나라한 현실의 나는 실험실에서의 강도 높은 노동을 견딜 명분을 좀처럼 찾기 어렵다. 간단히 말해 실험은 대부분 잘 안 된다. 세상에 없는 특별한 것을 찾아 헤매는 과정이 그리 쉬울 리가 없지 않은가. 연구한다는 것은 특별한 이야기를 만들어내기 위해 쉬지 않고 고민하고 공부하며 머리를 괴롭히는 시간도 필요하지만, 한편으로는 오랜 시간 선 채 지루한 동작을 반복하는 육체적인 고통도 수반한다. 새 레고로 쌓아 올려 만든 현미경에서 단번에 원하던 신호가 나오는 경우는 거의 없었다. 며칠이고 몇 달이고 노이즈만 뜨는 검은 화면을 한숨 쉬며 바라보아야 할 때가 더 많다.

그럴 때마다 떠올리는 게 있다. 착각은 나의 '힘'이다. 과하지 않은 수준의 착각은 힘이다. 지금 내 모습이 비록 작고 보잘 것없더라도, 먼 미래의 나는 지금은 상상조차 할 수 없을 정도로 성장해 있을 수도 있다. 그 잠재력의 크기는 아무도 모른다. 내가 가진 자신감과 자존감의 크기, 긍정 에너지가 향하는 방향에 따라 그 미래의 내 모습이 진짜일 수도 있고 허구로 끝나버릴 수도 있는 것이다. 마음의 눈으로 보는 내 모습은 왜곡될 때가 많다. 그 왜곡이 현실보다 과장되게 멋진 모습이라면, 캄캄한 실험실에서 풀이 죽어 있는 내게 큰 힘을 줄 것이다.

그러나 안타깝게도 그 왜곡은 우리의 자존감을 훼손하는 경우가 더 많다. 고양이는 호랑이가 되고 싶어 한다. 위엄과 지위가 있는 호랑이처럼 성장하고 싶어 한다. 그런데 반대로 호랑이는 고양이가 되고 싶어 한다. 사람들에게 사랑받고 싶어 한다. 서로는 서로를 부러워하고, 자신이 가지지 못한 부분들이 더 커 보이는 게 인지상정. 남들이 부러워하는 자신의 장점은 어쩐지 자신의 눈에는 잘 보이지 않는다. 평균적으로 석사까지 2년, 박사 과정에 5~6년을 보내고 학위를 받는다고 가정한다면 연구자의 길은 물리적으로도, 심리적으로도 여러 번의 고비가 올 수밖에 없는 긴 시간이다. 특히 이 시간 동안 가장 우리의 자존감을 꺾는 일은 남과의 '비교'일 것이다.

특히 실험실을 여러 사람과 공유하고, 선배와 후배, 동기로 얽힌 비슷한 또래의 동료들을 가진 경우에 이 비교는 필요악이다. 동료의 존재는 생각보다 훨씬 크다. 이들은 같이 전장에서 살아남아야 하는(?) 전우애로 서로를 위로하는 관계가 되기도 하고, 동시에 누가 더 빨리 달려가는지 속도 싸움을 해야 하는 경쟁 상대이기도 하다. 분야를 막론하고 적당한 긴장감과 경쟁이 성장에 큰 동력이 됨은 부인할 사람이 별로 없을 것이다. 그러나 이 경쟁이 건강하지 못한 형태로 진화할 때 그 파장과 부작용은 이루 말할 수 없게 되겠지. 경쟁에 뒤따라오는 회피하기

〈고양이와 호랑이〉, 2023, 캔버스에 아크릴

어려운 부정적 감정은 비교이고 이 감정이 극단적으로 커지면 돌이키기 힘든 좌절감이 될 것이다. 단기간의 작은 목표와 작은 성공에 만족할 줄 아는 유연함의 중요성을 강조하는 게 바로 이 지점이다.

나의 성장 속도와 맞지 않는 크기의 목표, 비교에서 오는 조급함이 밸런스를 무너뜨리고 작은 성공에 기뻐하지 못하게 방해하곤 한다. 실험실에서 무너지기 쉬운 매우 흔한 '비교 공격'은 나의 경험을 예로 들자면 이런 것이다. 다 잘되고 내 실험만 잘 안 된다. 선생님이 애초에 나에게 좋은 주제를 주지 않았다. 나만 운이 없었다. 나만 힘들고 어려운 일을 하고 있다. 실험실의 허드렛일은 내가 다 하는 것만 같다. 트랩에 갇혀 있는 동안은 객관적으로 상황을 판단하기 어렵다. 동료들과 자신을 비교할 때 들이대는 돋보기가 일정하지 않기 때문에 왜곡된 내 모습이 만들어낸 이 트랩에 한 번 빠져버리면 탈출하는 게 절대 만만치 않다. 그럴 때 누군가가 옆에서 나의 객관적인 모습을 알려줄 수 있다면 참 좋지 않을까. 누군가 절대 거울을 내밀고 "네 모습을 한 번 보렴." 하고 내가 가진 왜곡된 돋보기를 깨준다면 좋지 않을까. 고양이는 호랑이를 부러워하고 호랑이는 거꾸로 고양이를 부러워한다. 하지만 자신이 지금 고양이인지 호랑이인지 스스로는 좀처럼 알아채기 어렵다.

만약 우리가 빠져나오기 어렵기로 순위권인 이 비교 공격을 받고 트랩에 빠져버렸다면, 한 가지만 떠올려보자. 우리는 모두 작고 귀여운 고양이일 수도, 크고 위엄 있는 호랑이일 수도 있다. 그리고 그 모습은 결코 절대적이지도 않고 어느 때고 다르게 보이기도 한다. 다른 사람의 시선을 너무 의식한 나머지 내 모습이 왜곡되어 보이는 것일 뿐, 지금 내가 보는 거울 속의 내 모습은 진실이 아닐 수도 있다. 지금 내가 극도로 실망하는 내 모습도 누군가의 눈에는 크고 위엄 넘치는 호랑이일 수도 있다는 사실을. 그리고 내가 부러워하는 호랑이의 모습을 가진 누군가도 사실은 작고 귀엽고 사랑받는 고양이 같은 내 모습을 부러워하고 있다는 사실을 기억하길 바란다.

・ 그림의 첫 번째 관람자로서
소중한 감상을 나누어준
L에게 특별히 감사를 전한다.

물리학자에게 고양이란

슈뢰딩거의 후예들

2017년 이그 노벨상은 항간에 우스갯소리로 떠도는 소위 '고양이 액체설'을 증명한 프랑스 리옹 대학교 물리학 연구소 박사 후 연구원인 마크-앙투안 파딘Marc-Antoine Fardin에게 돌아 갔다. 이그 노벨상이란 엉뚱하고 기발한 발상으로 사람들을 웃 게 만들고 색다르게 생각할 거리를 제안한 사람에게 수여하는 상이다. 고양이 액체설은 고양이가 어떤 모양의 용기에도 몸을 자유자재로 집어넣을 수 있는 것을 보고, 그 유연함을 액체에 비유한 이론이다. 마크-앙투안은 실제 유체 및 액체를 연구하 던 물리학자다. 그는 논문에서 액체를 '압축되지 않는 유체로 용기의 형상에 따라 모양을 바꿀 수 있다'고 정의한 다음 이와 같은 양상을 보이는 고양이도 결국, 액체라고 설명했다.

그가 제시한 물질의 변형을 기술하는 모델에 따르면 상황에 따라 고양이는 고체 혹은 액체의 상태로 존재하며, 그는 이들의 다양한 실례를 인터넷에서 회자되어온 사진들로 증명해 보였다. 그동안 작은 골격과 유연함 때문에 곡예에 가까운 동작들이 가능하다는 이유로 고양이 액체설이라는 재미있는 일화가 탄생했지만, 물리학자가 설명하는 이론의 동물 예시로 고양이는 은근 자연스러운 구석이 있다. 액체의 상태를 설명하기 위해 유연함만을 따지자면 뱀이나 연체동물 등 다른 예시가 충분히 가능하지만, 물리학자라면 왠지 고양이를 예시로 설명하는 게 그럴듯하다.

왜 그럴까. 왜 물리학자에게 가장 자연스럽게 어울리는 동물 친구로 고양이가 떠오를까. 바로 양자역학을 이야기하면서 빼놓을 수 없는 그 유명한 '슈뢰딩거의 고양이'에 대한 연상 작용 때문일 거다. 실제 내 주변의 상당히 많은 수의 연구자들이 개보다는 고양이를 더 좋아한다. 실제로 고양이를 키우는 사람들뿐만 아니라 별 이유 없이 본인의 프로필 사진으로 고양이 사진을 이용하기도 한다. 사실 슈뢰딩거의 고양이는 슈뢰딩거가 키우는 고양이라던가 하는 친근한 이미지의 예시가 절대 아니다. 물리학자 에르빈 슈뢰딩거Erwin Schrodinger는 아인슈타인과 양자역학의 확률 함수에 관한 논쟁을 벌이는 과정에서 코펜하겐 해석이라고 불리는 양자역학 해석의 부자연스러움을 지적하기 위해 고양이를 끌어들였다. 심지어 그의 사고 실험에 등장하는 고양이는 가엽게도 청산가리가 들어 있는 상자에 함께 갇혀 생사를 알 수 없는 상태로 존재한다.

안을 들여다볼 수 없는 상자 속에 고양이 한 마리가 들어 있다. 상자 속에는 한 시간 뒤에 50퍼센트의 확률로 붕괴하는 라듐이라는 방사성 물질, 이를 검출하는 가이거 검출기, 그리고 청산가리가 담긴 유리병이 고양이와 함께 있다. 시간이 지나 라듐의 핵이 붕괴하면 계수기의 손잡이가 내려가면서 연결된 망치가 청산가리가 들어 있는 유리병을 깨뜨리게 된다. 청산가리가 유출되면 고양이는 죽는다. 슈뢰딩거는 이 사고 실험조차도 그만의 특유의 재치를 발휘해 여러 가지 학문에서 상징적인 이미지를 가져온 것으로 보인다. 물리학에서 라듐을, 기계공학에서 계수기에 연결된 망치의 조작을, 화학에서 청산가리를 빌려왔다. 가장 하이라이트는 이렇게 잘 조작된 작은 우주 속에 생명체인 고양이를 집어넣은 것이다.

코펜하겐 해석이라고 불리는 (당시 양자론을 설명하는 데 지배적이었던) 이론은 양자 시스템의 경우 외부 세계와 상호 작용하거나 관찰이 되기 전까진 그 상태는 확률적으로만 기술 가능하다고 말한다. 상자 속의 고양이는 한 시간 뒤에 절반의 확률로 살아남을 수도 있고, 죽었을 수도 있다. 이 고양이의 생사 여부는 상자를 열어 확인해 보기 전까지는 살아 있으면서도 동시에 죽어 있는 두 가지 상반된 상태의 중첩이라고 정하고 있다. 얼마나 말도 안 되는 소리인가. 보어의 코펜하겐 해석을 비판하고 있는 게 바로 슈뢰딩거의 고양이다.

아인슈타인 역시 아무도 달을 보지 않는다면 달은 없는 것이냐며 중첩에 대한 비판에 힘을 실었다. 아인슈타인이 달에 빗대어 다소 추상적으로 중첩에 대해 비판을 했다면 슈뢰딩거는 중첩 상태에 있는 미시 세계의 양자 입자가 거시 세계의 상황으로 빗대면 얼마나 말이 안 되는 상황이 벌어지는 것인지, 고양이를 들어 설명하고자 했다.

상자를 열어서 확인하는 '관찰'의 행위가 없다면 우리는 고양이의 생사를 알 수 없다. 생과 사는 동시에 존재할 수 없는 반대의 개념인데, 확률론에 의해 중첩되어 있다는 게 어떻게 성립하느냐. 받아들이기 힘든 이 결론이 바로 슈뢰딩거가 지적하고자 했던, 입자의 확률론에 대한 역설이다. 더욱 역설적인 것은 바로 양자역학을 믿지 않아 고양이까지 끌어들여 거부한 것이 오히려 양자역학의 발전을 도왔다는 것이다. 과학사를 보면 이

〈고양이 탈출〉, 2022, 캔버스에 아크릴

렇듯 강한 부정과 반박을 위해 시작된 논쟁이 근원적인 발견을 촉발시켜 새로운 역사를 만들어내기도 한다.

그가 제안한 고양이 사고 실험은 엉뚱하게도, 마치 물리학자들에게 영원히 풀 수 없는 숙제이면서 동시에 물리학자와 고양이는 떼려야 뗄 수 없는 평생의 동반자가 되어버린 듯한 이미지로 고착된 지도 모르겠다. 1975년 물리학 분야의 저명한 저널 〈피지컬 리뷰 레터Physical Review Letters〉에 펠리스 도메스티쿠스 체스터 윌러드Felis Domesticus Chester Willard라는 이름으로 고양이가 논문의 공동 저자로 포함되는 일이 일어나기도 했다.

핵물리학자인 미시간 주립대의 잭 헤더링턴Jack H. Hetherington 교수가 단독 저자로 논문을 제출한 뒤에, 저널의 편집자로부터 논문에 사용된 복수형 단어들을 단수로 수정하라는 요청을 받았다. 그러자 일일이 단어를 고치기 귀찮아진 그는 키우던 고양이를 공동 저자로 추가해 2인(복수)이 작성한 것으로 논문을 제출해버렸다. 이 고양이는 논문의 공동 저자로 유명해졌고, 당연히 논문의 저자가 사람일 거라는 생각에 학회에서 그를 초청하기도 했다.

지금도 그 고양이는 본인만의 학술 논문 리스트와 인용 지수가 표시되는 웹페이지(구글 스칼라 페이지)를 소유하고 있다. 아마도 윌러드는 슈뢰딩거의 고양이 다음으로 세계적으로 유명한 고양이일 것이다. 지금도 지구 어느 곳에서 물리학자와 고양이에 관한 엉뚱하고 재미있는 에피소드가 생성되고 있을지도 모르겠다. 가끔 길고양이와 마주치면 나도 모르게 한 번 더 눈길이 간다. 무언가 할 말이 있어 보이는 그 눈빛 때문에 말이다!

한 줌의 흙을
옆으로 옮기는 일

오늘도 우리는 아주 느리게 큰 산을 만들지

사회 초년생이 갓 일을 시작할 때 포부를 품듯이, 학부를 졸업하고 대학원 과정을 시작한 이들 모두 꿈을 꾼다. 나는 과연 이곳에서 어떤 성과를 내고, 어떤 연구 결과를 얻어낼 수 있을까. 나는 언제쯤 상아탑 같이 손에 닿지 않는 저 높고 고귀한 꼭대기에 다다를 수 있을까. 나는 인류의 발전에 어떤 이바지를 할 수 있는 과학자가 될까. 사실 그렇게 거창한 포부까지는 아니더라도, 그래도 연구를 업으로 시작하면서 우리는 모두 크고 작은 꿈을 꾼다. 그렇게 한걸음 내딛는 시작은 시작만으로도 가치 있는 일이라 생각한다. '뭐든 시작해야, 시작되니까 말이다.'

그렇게 나만의 목표와 포부가 있어야 크고 작은 어려움과 시련이 와도 극복할 에너지가 만들어지곤 하겠지.

그런데 그 과정을 지나면서 생각해 보니, 시작할 때의 마음처럼 크고 원대했던 나의 포부는 현실의 벽 앞에서 수시로 부서지고 무너져 내리곤 한다. 실험은 번번이 실패하는 게 일상이고, 굉장한 발견인 줄 알았던 연구 결과는 이미 누군가가 발표한 현상이 대부분이다. 연구란 게 '최초'라는 타이틀이 중요한 것인데, 그럴 땐 씁쓸하지만 우스갯소리로, '내가 하는 생각은 결국 남들도 하는구나'라는 말로 아쉬움을 꾸역꾸역 삼킨다. 그렇게 실패를 거듭하고 좌절하면서 꿈이 점점 작아지거나 때론 그런 꿈을 꾸었던 처음의 마음을 아예 잊기도 한다.

하지만 분명한 건 아주 느리지만 우리는 조금씩 발전하고 나아가고 있다는 사실이다. 우리가 산을 만드는 속도는 너무나 더뎌 때로 답답하고 그 변화가 눈에 보이지 않아 암담하게 느껴지기도 하지만, 그래도 큰 산은 조금씩 만들어지고 있다. 그러니 매일 한 줌의 흙을 옆으로 옮기는 일을 멈추어서는 안 된다. 그렇게 쉬지 않고 조금씩 옮겨둔 한 줌의 흙이 모여 어느 날에는 작은 언덕이 되어 있고 언젠가는 야트막한 산이 되어 있겠지.

아주 느린 속도로 같은 일을 반복한다는 것은 단순하고 지루한 일상쯤으로 치부되기 쉽지만, 그 꾸준함이야말로 세상에

〈길〉, 2023, 캔버스에 아크릴

서 가장 고귀한 일이다. 반복된 일상에 지칠 때마다 오늘날 많은 사람들이 추앙해 마지않는 빈센트 고흐의 삶을 떠올려본다. 그는 이십 대 후반이 되어서야 본격적으로 그림을 시작한 화가다. 우리가 보기엔 순전히 늦깎이 학생인 셈이다. 서른일곱 살의 나이에 비극적으로 삶을 마감하기 전까지 불과 십 년이라는 시간 동안 그는 팔백여 점의 그림과 천여 점의 스케치를 남겼다. 시간으로 환산하면 이삼일에 한 개 이상의 그림을 그린 셈이다. 하지만 그의 생전에 단 한 점의 그림만이 팔렸을 뿐이다. 고흐 특유의 강렬한 붓 터치와 그림 스타일에 이러한 안타까운 일화가 곁들여져 그의 삶을 더욱 극적으로 보이게 만들었다.

그러나 그가 살아 있었을 때의 하루하루를 가만히 떠올려보면 얼마나 단조롭고 반복된 일상이었겠는가. 매일 그렇게 주변을 관찰하며 소박한 주위 풍경에서 그만의 기쁨을 찾고 사랑하는 사람들을 앞에 두고 쉬지 않고 그렸을 것이다. 돌아오는 보상도 전혀 없이, 말이다. 사람들의 철저한 외면과 깊은 고독을 삼키면서 그는 하루하루 묵묵히 그림을 그렸다. 그렇게 팔리지도 않는 그림을 그리는 일을 지치지도 않고 반복했더니, 오늘날 보건대 그가 만들어낸 산은 아무도 흉내 낼 수 없을 만큼 커져 있는 것 같다. 그가 이렇게 커져 있는 자신의 산을 보지도 못하고 짧은 생을 마감했다는 것이 그래서 더욱 처연하게 느껴진다.

　　어찌 보면 눈앞에 즉각적으로 주어지는 보상은 신기루일지도 모른다. 신기루는 빛과 공기가 만들어낸 환상이자 순간적으로 우리의 눈이 속는 것일 뿐 실체가 아니다. 이 시대를 지배하는 방대한 정보의 양과 보여 달라고 요청한 적 없는 타인의 삶의 모습이 우리가 소박하지만 꾸준하게 일구어내는 일상의 가치를 찾지 못하게 눈을 가린다. 내가 좋아하는 것과 내가 잘할 수 있는 진짜 나만의 일을 찾기 전에, 일의 가치를 온전히 느끼기 전에 거짓된 좌절감을 먼저 들이민다. 인스턴트식 보상의 화려함이나 거짓된 좌절감에 속지 말고 그저 한 줌의 흙을 옮기는 작은 일의 가치를 잊지 말자고 되뇌어본다. 오늘도 아주 느리지만 큰 산을 만드는 중이라고, 스스로를 다독이면서 말이다.

정답은 나도 모르고
너도 모른다

세상의 끝을 조금 더 밀어보는 것

이공계 사람들과 미술에 관해 이야기하는 시간이 매우 즐겁다면 너무 엉뚱하게 들릴까. 그건 순전히 우리가 비전문가로서 고유의 틀과 정해진 규칙의 범주 밖에서 자유롭게 이야기할 수 있기 때문인지도 모르겠다. 정답은 나도 모르고 너도 모른다. 누군가 내가 전공한 연구에 관해 묻는다면 나는 좀 더 진지해지고 단어를 신중하게 선택해서 말할 것이다. 그러나 그림을 감상하는 법에 관해 이야기한다면 우리는 서로를 의식하지 않고 좀 더 자유로워질 수 있다. 미술을 감상하는 특별한 방법이 있을까? 나는 때때로 강연 후에 받는 이 질문에 대해서 과감하게 정답을 찾는 습관을 한번 버려보자고 답한다. 우리는 어릴 때부터 정답을 빨리 잘 찾는 방법을 습득하는 일에 너무나 길들여져 왔다. 그림 감상은 마음에서 일어나야 하는데, 이렇게 정답을 찾으려고 하는 습관이 감상을 막는 것만 같다.

그림 속에 숨어 있는 다른 이야기를 찾아내고 이를 사람들에게 소개하는 일을 하는 내가 그렇게 단언하는 게 아이러니하게 들릴 수도 있겠다. 하지만 나의 '과학과 미술에 관한 이야기'들은 결코 정답을 알려주려는 의도에서 시작된 것이 아니다. 오히려 '이렇게 엉뚱한 관점에서 그림을 보는 것도 가능하답니다!' 하고 새로운 방식의 오답을 제시하고자 했던 내 의도를 사람들이 기억해주면 좋겠다.

몇 해 전 네덜란드 암스테르담에 있는 고흐 미술관에서의 일이다. 낯익은 언어, 미술관 한구석에서 한국말로 다투는 사람들을 보았다. 그들은 한국에서 단체 여행을 떠나온 중년의 부부였는데, 여행 가이드와 실랑이를 벌이고 있는 것이었다. 그들은 자유롭게 끌리는 그림들을 두서없이 보고 싶어 했고, 가이드는 한사코 이를 말리며 정해진 순서에 따라 자신의 안내를 들으면서 차례대로 그림을 감상할 것을 종용했다. 이럴 수가, 그림으로부터 감상을 얻는 방법과 순서를 강요하다니. 나는 달려가 여행자들이 하고 싶은 대로 내버려 두자고 가이드를 설득하고 싶

〈진짜와 가짜〉, 2020, 캔버스에 아크릴

은 마음을 꾹 참으며 서둘러 자리를 떴다. 물론 누군가는 그렇게 친절하게 순서와 방법을 알려주는 미술관 투어 레시피를 좋아할 수도 있다. 하지만 어떤 이들은 비싼 입장료를 내고 평생에 한 번 찾을 수도 있는 미술관일지라도 단 한 점의 이름 없는 그림 앞에서 큰 감동을 느끼며 몇 시간을 써버릴 수도 있는 것이다. 그런다고 한들 결코 잘못된 감상은 아닐 텐데 말이다.

강연하면서 사람들에게 받는 공통적인 질문들에는 기억에 남을 만한 전시나 미술관을 알려달라는 것도 있다. 그러면 나는 망설이지 않고 여행지에서 떠돌다 우연히 들어간 인적 없는 시청사 건물과 작은 성당에서 마주했던 그림들에 관한 소박한 기억을 이야기한다. 비싼 입장료를 내고 몇 시간을 줄 서서 들어간 루브르 미술관에서 인파에 가려 사람들의 뒤통수보다도 작게 볼 수밖에 없었던 다빈치의 〈모나리자〉에 대한 슬픈 기억도 함께 말이다. 결국, 좋은 그림은 내가 좋아하는 그림이면 되는 거고, 그 감상은 온전히 나만의 것이 되었으면 좋겠다. 그러기 위해서 우리는 정답을 찾으려는 습성을 버려보아야 한다.

어찌 보면 기나긴 수년간의 대학원 생활 역시 정답을 버리는 훈련을 하는 시간인지도 모르겠다. 우리는 대학원에서의 연구가 시험을 잘 보고 정답을 맞히는 숙제를 많이 하는 것이라는 오해를 쉽게 한다. 물론 문제를 풀어내는 능력을 갖추기 위해서 기본적인 학습량은 피할 수 없는 부분이다. 하지만 본격적으로 실험을 시작하고 논문을 쓸 때 이 습성은 거꾸로 우리를 방해한다. 가설을 세우고 실험을 해서 의외의 결과를 마주하는 일이 비일비재한데 그럴 때마다 어디서 잘못되었나 왜 실패했나, 라고 자책하는 마음은 우리를 작아지게 만들고 주저앉힌다. 마치 게임 속의 아바타처럼 성별과 나이 직업에 따른 어떤 형태의 역할을 해야만 하고 이 과정에서의 도전과 연이은 실패, 그리고 타인과의 비교는 자신만의 가치를 부정하고 큰 좌절감을 주기도 한다. 누구를 위한 삶이 아닌 온전히 내 것인 삶을 살아야만 하는데 그 정답을 맞히려는 습성은 우리를 자꾸 절망의 끝으로 내몰 뿐이다.

몇 해 전에 한 학생이 울상이 되어 샘플을 들고 와선 실험을 망친 것 같다고 속상해한 적이 있다. 예상치 못하게도 실험 후에 샘플의 표면이 변해 있었는데 처음에는 실험이 잘못된 줄 알고 샘플과 실험 데이터를 모조리 버리려고 한 것이다. 그런데 그 망쳐진 샘플의 사진을 계속 들여다보니 어딘가 익숙한 느낌이 들었다. 알고 보니 다른 연구를 위해 시뮬레이션을 하면서 얻었던 전기장의 분포 패턴과 비슷하게 샘플에 변형이 일어난 것이었다. 이건 그동안 우리가 알고 있던 가설을 뒤집는 새로운 발견이었다. 당시에 우리가 사용하던 빛의 세기로는 물질의 표면을 바꿀 수 없다는 게 정설이었는데 특정한 조건에서는 이 가설을 뒤집는 경우가 발생하기도 하는 것이다. 망친 실험이라는 생각에 그냥 샘플을 버렸다면, 데이터를 다 지우고 넘어갔다면, 영원히 우리는 그런 현상을 밝혀낼 기회를 얻지 못했을 것이다.

더 이상 정답이 지배하지 않는 세상에 서서 돌아보니 정답으로 가득했던 세상이 그렇게 작아 보일 수가 없다. 그다음부터 실험실에서 나오는 결과를 보는 마음은 이렇게 달라졌다. 예상한 대로 결과가 잘 나오는 날은 정답을 맞혀서 기쁘다. 의외의 이상한 결과가 나온다면 오늘은 세상의 끝을 조금 더 바깥으로 밀어낼 수 있는 행운이 찾아온 날이라고, 그래서 더 기쁘다고 말이다. 우리가 안온함을 느꼈던 그 정답의 세상을 벗어나야 할 이유는 너무나 분명하다. 오답을 마주했을 때 경험하는 불안이야말로 결국 나를 성장시키고 내 손으로 세상의 끝을 조금 밀어볼 값진 기회를 줄 것이기 때문이다.

청바지만 다시
유행하는 게 아니다

세상을 가득 채우는 건, 있으나 아직 보이지 않는 것들

그 시절 입던 청바지가 왜 다시 유행하는 거지. 스키니 바지를 입다가 통이 넓은 바지로, 골반에 걸치는 짧은 밑위의 바지를 입다가 일명 '배바지'를 입고 다니는 사람들을 다시 보면서, 이삼십 년은 훌쩍 타임 워프를 한 것처럼 착각이 이는 것은 비단 나뿐만이 아닐 터다. 패션만이 아니다. 일명 '세기말' 감성으로 20세기 말에 유행하던 노래들이 다시 길거리에 흐르고, 소위 유행이 돌고 돈다. 생각해 보니 우리 때 입던 나팔바지를 요즘에 다시 입다니, 하고 놀라던 부모님 세대도 기억이 나고 말이다.

패션처럼 유행이 명확하고 쉽게 인식되는 경우가 또 있을까. 집 인테리어 또한 신중해야 한다. 한번 집을 고치면 최소 수년 이상 살아야 하는데 바닥 마루 색이며, 마루를 붙이는 방식(헤링본, 쉐브론 패턴 등), 타일(타일도 일명 목욕탕 타일이라고 부르는 자잘한 것부터 빅 슬랩 타일)까지 그 종류가 어마어마한데 이게 또 유행을 탄단 말이지. 사람의 심리가 어찌나 간사한지 그렇게 예뻐 보이고 탐나던 것도 시간이 흘러서 유행이 바뀌면 또 그렇게 촌스럽게 보이고 거슬릴 수가 없다.

비단 패션, 노래, 인테리어만 그런가. 연구 주제를 선정하는 데도 유행이 있다. 노벨상 수상자가 발표되는 계절이면 언론에서는 호들갑스럽게 그해에 상을 받은 주제를 다루고 여기저기서 관련 연구자들이 연구를 소개하는 강연이 열린다. 물론 연구를 업으로 하는 사람으로서, 그리고 과학이 아직 대중문화로 자리 잡지 못하는 현실에 아쉬움이 있는 사람 중의 하나로서 그렇게라도 사람들이 새로운 분야를 알아가고 지식의 지평을 넓혀 가는 것은 무척 반가운 일이다.

그런데, 그렇게 특정 연구 주제가 발표되면 마치 배바지와 크롭 티셔츠가 팡 하고 유행하듯 학업을 시작하는 학생들의 마음이 갈대처럼 휘청댄다. 많은 사람들이 선호하는 연구 주제는 그렇게 유명한 키워드들로 확 쏠리는 현상이 일어난다. 그런 붐

이 일 때마다 나는 생각한다. 연구 주제를 정하고 시작하면 그 호흡의 주기가 최소 몇 년에서 어쩌면 평생의 직업으로 이어질 수도 있는데, 어째서 유행을 좇아서 인생의 중대한 선택을 한단 말인가.

유행하는 주제, 주변에서 많이들 이야기하는 주제를 선택하면 안 되는 이유는 생각해 보면 너무나 명확하다. 지금 노벨상을 받고 유명해진 주제는 이미 수십 년 전에 그리고 수년 전에 우리의 선배들이 열심히 일구어둔 밭에서 자란 싹이고 나무고 열매다. 그게 지금 빛을 보는 것인데, 지금 우리가 거기에 동화된다면 내가 공부를 끝내고 그걸 업으로 삼을 때쯤이면 유행이 이미 바뀔 거라는 거다. 사람들은 쉽게 다른 주제들에 대해 이야기한다. 그건 이미 끝물이야. 이젠 아무도 그런 주제의 연구를 지원하거나 관심을 주는 사람은 없어.

그러나 몇 년을 주기로 이런 말은 다시 다른 주제로 옮겨가고, 그렇게 끝이 난 줄 알았던 연구 주제는 생각지 못한 계기로 부활해 다시 살아나기도 한다. 기술은 계속해서 발전하고 어떤 한계 때문에 사장되었던 시장도 충분히 극복되기 때문이다. 지금은 사람들로부터 인지되지 못하고 이름조차 없는 것들도 계속해서 발견된다. 오랜 과학기술의 역사가 그걸 너무나 명확하게 보여준다.

　빛에 관한 이야기로 돌아가볼까. 사람의 눈에 보이는 빛에 관한 연구가 시작되자, 연이어 사람의 눈에는 보이지 않지만 존재하는 빛들이 속속들이 발견되면서 빛의 스펙트럼은 한층 넓어졌다. 빨간색 근처에서 수은주가 올라가는 것을 보고 파장이 더 긴 적외선이 있음을 알게 되고 보라색 근처에서 물질에 이온화 반응이 일어나는 것을 알게 되어 자외선을 발견한다. 그리고 더 확장하면 광-에너지가 더 높고 파장이 짧은 방사선, 우주선과, 파장이 긴 마이크로파와 전파까지, 그리고 가장 최근에 적외선과 마이크로파 사이에 비어 있는 영역을 테라헤르츠파의 발명으로 메꾸면서 매우 긴 전자기파의 스펙트럼은 완전체로 연결이 되었다.

　이 모든 발견과 발명은 그 이전에는 존재하지 않는, 혹은 존재하지만 만지거나 볼 수 없는 것들이었다. 상상조차 할 수 없었던, 즉 한계의 영역이었다. 한계의 영역에 도전하고 미지의 세상이 주는 불안감에 맞서는 것이 과학자의 마음가짐일 것이다. 빛을 이용해서 파장보다 작은 사물은 볼 수 없다는 '빛의 회절 한계'는 오랫동안 사람들에게 넘을 수 없는 큰 벽과도 같은 정설이었다.

　그러다 기술이 발전하면서 메타물질과 같은 새로운 개념의 물질을 만들 수 있게 되자 간접적인 방식으로나마 한계를 극복할 수 있게 되었다. 자연에 존재하지 않는 광학 상수값을 가지도록 여러 물성을 가진 재료와 구조를 조합하여 메타물질이라는 새로운 개념의 물질이 탄생했다. 때로는 파란 나비의 날개구조에서 착안한 광결정 구조 등도 빛의 한계를 극복하는 데 일조했다. 파란 나비는 파란색의 염료를 가진 게 아니라, 나노미터 크기의 미세한 구조들이 규칙적으로 배열되어 특별히 파란색 파장의 빛을 일제히 반사시키는 독특한 성질을 지니고 있다. 이처럼 기존의 기술로는 구현할 수 없던 신개념의 물질을 만들어내면서 미처 보지 못했던 세상을 볼 수 있게 되었다.

그러니 유명한 주제를 따라갈 것이 아니다. 내가 잘할 수 있는 일, 나에게 맞는 일을 '찾는 일'에 우리는 시간과 에너지를 써야만 한다. 그래야 오랫동안 지치지 않고 즐겁게 그것을 들여다볼 수 있다. 이건 유행이 끝났을 때 버리면 그만인 청바지를 사는 일이 아니니까 말이다. 오랫동안 나를 들여다보고, 내가 진정으로 하고 싶은 일이 무엇인지 나라는 자아를 마주하는 시간을 충분히 가져야만 한다.

뉴턴이 말했다. "진리는 망망대해와 같다. 나는 고작 바닷가에서 조개껍질을 줍고 기뻐하는 어린아이일 뿐이다." 아직 세상에는 우리가 들여다볼 생각조차 해보지 못한 것들이 무한하게 존재하는지도 모른다.

　　지금 유행하는 주제들을 좇아 연구 인생을 결정하기엔 세상이 너무나도 넓다. 우리가 매일 한 줌의 흙을 옆으로 옮기는 일을 하찮게 여기거나 거르지 않는다면, 지치지 않고 조금씩 산을 옮기고 있다면 말이다. 그렇다면 우리가 알고 있는 세상의 끝은 조금씩 바깥으로 밀려나 커질 것이다. 그리고 지구의 반대편에서 또 그렇게 성실하게 세상의 끝을 밀어내고 있는 이들과 언젠가는 맞닿을 수 있겠지. 그 발견의 기쁨을 누릴 기회를 쉽게 저버리지 말자.

말 한마디의 힘

사람을 살리는 말, 말, 말

대학원 시절 네덜란드에 실험 기술을 배우고, 연구를 수행하러 갔었던 경험은 여러 가지 의미로 내게 중요한 기억이다. 그곳에서 빛의 화가들을 만나 빛의 과학과 그림을 연결하는 새로운 시도를 시작하게 된 일은 말할 것도 없이 말이다. 하지만 그보다 본질적으로 내게 그 시간이 주는 힘은 철없고 정리되지 않은 생각들로 방황하던 이십 대 시절, 내게 나침반과도 같이 길을 알려준 선생님들의 '말'로부터 나온다. 나는 처음 한 달은 델프트에 실험 장비와 기술을 배우러 갔었다. 갈 때 배워만 올 수 없다며 이쪽에서 새로운 샘플을 조금 준비해 갔었는데 그 샘플로부터 좋은 데이터를 많이 얻게 되었다.

　실험이 잘되자 한국으로 돌아온 내게, 네덜란드의 교수님은 체재 비용을 직접 내겠다며 다시 방문해달라고 나를 초청했다. 처음에는 장학금으로, 두 번째는 그렇게 현지의 초청으로, 그리고 후에도 계속해서 공동 연구를 이어나가게 되었다. 어느 날에는 레이저를 이용해 금속 표면에 분포하는 빛의 패턴을 관찰하는 실험을 하고 있었는데 고생 끝에 우리는 전기장의 세 가지 방향 성분 벡터(우리가 일상에서 삼차원이라고 말하는 축의 값을 말한다)를 따로 측정하는 데 성공했고 이 값들을 재구성해 실제 전기장 이미지를 얻었다(일반적으로 우리가 눈으로 볼 수 있는 가시광의 빛은 당시의 기술로는, 그 크기만 잴 수 있고 이론적으로만 알고 있던 빛의 방향 성분 정보를 실험으로 얻는 것이 어려웠다).

　그때 네덜란드 지도 교수님은 물리학과 학생이라면 전자기학 첫 시간에 배우게 되는 맥스웰 방정식을 칠판에 쓰고는 이렇게 말했다. "너는 이 행성에서 우리가 교과서에서 수식으로만 배웠던 맥스웰 방정식을 처음으로 실험실에서 시각화하는 데 성공한 사람이야. 축하한다!" 고작 박사 과정을 갓 시작한 어린 학생에게 진심을 가득 담아 칭찬해주는 말에 어쩔 줄 몰라 하면서도 내심 속으론 너무 기뻤다. 단순하게 존경하는 선생님께 인정받는 이상의 그 무언가가 있었다. 내 손으로 직접 무언가를

해낼 수 있다는 자신감과 그 말처럼 내가 정말 특별한 사람이
된 양 더 잘하고 싶다는 의지가 가슴 속에 부풀어 올랐다(칭찬에
인색하고 무뚝뚝한 편일 거라는 평소 네덜란드인에 대한 편견 때문에 그
말의 울림이 더 컸을지도 모르겠다). 어린 친구가 작은 성공을 이룬
날에 나는 그렇게나 진심을 담아 칭찬을 해줄 수 있을 만큼 마
음이 큰 사람인가, 지금 돌아보게 된다. 그리고 그것이 결코 자
연스럽게 쉬이 나오는 말이 아님을 정확히 그때 그 교수님의 나
이가 되고 나니 더욱 확실하게 알 것 같다.

  그렇게 여러 번 네덜란드에 갈 때면 공항에서 비행기에 오
르기 전 학교의 지도 교수님께 전화했다. 서로 긴 대화는 없었
다. 나는 주로 이러이러한 샘플 잘 챙겼고 가서 실험 잘하고 돌
아오겠다고 말씀드렸는데, 그건 일종의 스스로에 대한 다짐일
수도 있었다. 마치 경기에 출전하는 선수가 스타팅 라인에 서서
마지막으로 호흡을 고르듯 말이다. 그러면 지도 교수님은 "그
래, 그래. 도착하면 연락해라." 짧게 말씀하시곤 했는데, 전화를
끊기 전엔 항상 "I'm proud of you."라고 하셨다.

  평소 감정 표현을 잘 하지 않으시는 교수님의 그 짧은 말에
는 얼마나 많은 의미가 담겨 있는 건가. 스타팅 라인에서 듣는
그 짧은 말 한마디는 수십 배의 크기로 자라나 외로운 외국 생
활에 있어 힘이 되어주었다. 돌아보면 나는 당시 그렇게 연구실

에서 뛰어난 학생도 아니었고 연구에서는 고집이 무척이나 셌고 크고 작은 실수도 많이 했다. 그때의 내 모습을 돌아보니 얼굴이 화끈거릴 만큼 부족함이 많았던 학생이었기에 지금 선생님의 말씀을 곱씹어보니 부끄럽기 짝이 없다. 그래도 선생님들은 언제나 그렇게 결정적인 순간에 내게 좋은 '말'을 해주셨다. 그 말들이 나를 이만큼 키워준 것 같다.

그렇게 네덜란드에서의 연구와 또 한국에 돌아와 이어진 연구로 박사 졸업을 하고, 나는 곧장 미국 연구소의 박사 후 연구원이 되었다. 미국에서 만난 젊은 보스는 또 그 이전에 봐왔던 선생님들과 여러 면에서 달랐다. 그곳에서는 거의 무한에 가까운 자유로움 속에서 온전히 사막에 혼자 서 있는 기분으로 연구를 했었던 거 같다. 보스는 그 곁에서 내가 어느 방향으로 길을 찾는지 나를 섬세하게 관찰하며 방향을 잡아주었던 코치에 가까웠다. 내가 가르침을 받는 학생이 아닌, 동료 연구자인 자격으로 함께 토론하고 논쟁할 수 있도록 계속 분위기를 만들어주었다. 스스로 실험실을 만들고 학생을 지도하고 소위 연구실을 꾸려나가는 일을 연습시켜준 셈이다.

얼마 전 그때의 보스가 훌륭한 논문을 학계에 발표하고는, 이어 연구 생활을 접겠다는 파격적인 선언을 했다. 이렇게 좋은 연구를 하고 논문을 써서 어떻게 보면 연구의 정점에서 돌연 외친 그의 조기 은퇴 선언은 주변의 많은 동료들에게 충격을 주었다. 나는 소식을 듣고 그에게 바로 연락했다. 미국에서의 삼 년 반 동안 내가 그로부터 배웠던 것들에 대해 감사하는 마음을 가득 담아서 말이다. 그는 바로 답장을 주었는데, 또 그 말이 가슴을 먹먹하게 만들었다. "……나도 그때 처음으로 누군가를 맡아서 지도하기 시작하던 때였어. 그리고 너는 그런 서툰 나를 좋은 선생님으로 만들어 준 친구였어. 존중과 감사는 서로에게 같은 거지." 내가 좋은 선생님으로 기억하는 누군가가 나를 자신을 그렇게 만들어 준 사람이라고 해주었다. 무어라 표현해야 할지 모르게 마음속에 크게 파도가 일었다.

내가 걸어온 길에 그렇게 곳곳에 좋은 선생님들이 계셨다. 마치 내가 오기를 기다리고 있었던 것처럼. 그곳에서 그때 내가 꼭 들었으면 했던 이야기를 해주셨다. 긴 마라톤 경주를 달리며 오르막 앞에서 눈앞이 아득해질 때쯤 옆에서 무심하게 물 한잔 건네주듯 말이다. 그 한 모금 물이 없었다면 몇 번이고 주저앉고 포기했을지도 모른다. 즐겁고 기쁜 마음은 스치듯 잠깐씩이었고 하기 싫고 포기하고 싶었던 순간은 너무나 많았다. 어떤 직업이든 그 일의 종류를 막론하고 꾸준히 오랫동안 같은 일을 하는 것은 결코 쉬운 일이 아니다.

지금은 내가 그 물 한잔을 들고 길목에 서본다. 누군가가 이

길을 지나다가 그렇게 곧 주저앉을 것 같은 얼굴로 울상이 되었을 때 말을 건네고 싶다. 나의 선생님들만큼 기가 막힌 타이밍을 잡을 수 있을지는 모르겠지만, 그렇게 오랜 울림을 줄 수 있는 큰마음이 준비되어 있는지 모르겠지만. 미국 보스의 말처럼 존중과 감사는 서로에게 같은 크기로 동시에 향한다고 하지 않았던가. 누군가와는 그렇게 서로 눈이 마주치는 날이 오지 않을까, 기대해 보면서 말이다.

우리는 언제나 여행 중

어떤 마음으로 하루를 살아야 할까

대학 시절엔 방학마다 아르바이트를 하거나 도서관에 박혀서 책을 읽었기에 해외여행이란 머릿속의 상상으로나 가능했었다. 책 속에서 보는 이국적인 풍경을 머릿속에 그려보고 그곳에 내가 있으면 어떤 느낌일까, 상상하면서 말이다. 그러다 우연히 일을 배우러 네덜란드에 가게 되었는데, 그때만 해도 전혀 몰랐다. 몇 년 뒤에 미국 어느 사막 한가운데에서 내가 살고 있을 줄은. 그리고 미국에 살면서는, 몇 년 뒤에 나는 또 지구별 어느 곳에서 어떤 모습으로 살고 있을까를 궁금해 했던 기억이 난다. 그렇게 우리는 한 치 앞날을 알 수 없이 살아간다. 미국에서

〈캐니언 위를 날다〉, 2022, 캔버스에 아크릴

어느 한적한 공원에 앉아서 살고 있던 아파트 계약이 끝나면 어디로 가야 할지를 고민하던 화창한 봄날에, 언제든 이 도시에서의 시간을 떠올릴 때 이 예쁜 하늘과 바람 같기만 하면 참 좋겠다, 하면서 그 시간의 감상을 꾹꾹 눌러 담았던 일이 떠오른다.

왠지 시간이 조금 느리게 흐르는 것 같았던 그 사막의 도시에서 우리 가족은 일부러 아날로그의 삶을 살았다. 지금이 아니면 언제 이렇게 다시 살아보겠냐며(그 말은 실제로 사실이 되었네). 미용실은커녕 바리깡도 없이 그냥 가위로 머리를 대충 자르고, 손바느질로 아이들 옷을 만들어 입혔다. 명절이면 만두를 수백 개씩 빚어 이웃들에게 돌렸고, 한국 시장 스타일로 옛날 빵들을 만들어서 미국 친구들에게 권해 보기도 했다. 김치도 단무지도 직접 담가 먹으면서 바쁘고 알차게 주말을 보냈다. 조그마한 뒷마당에서 상추랑 깻잎도 키웠다. 멜론, 수박, 아보카도, 뭐든 씨가 있는 과일을 먹고 나면 씨앗을 말려 심어보고 어떻게 생긴 잎이 나오는지 아이들과 들여다보는 재미가 쏠쏠했다. 나는 연구소에 가면 최첨단 장비를 써서 일하지만 집에선 그렇게 옛날 사람들처럼 살았다. 우린 좀 구식이야, 하면서 그 시간을 즐겼던 것 같다.

젊은 날에 유난히 여기저기 많이 돌아다녔던 우리는 한 번도 '정착'이란 걸 해보지 못한 사람들처럼 늘 앉은 자리에서 곧

떠날 채비를 하며 살아왔던 거 같다. 언제든 떠날 가방을 다시 싸야 하기 때문에 무언가를 수집하는 취미는 사치였고 크고 값비싼 물건에는 눈이 별로 안 갔다. 자연스레 사람들이 꼭 사야 한다고 말하는 것들이나, 마치 하지 않으면 큰일이 나는 것 같이 짜인 틀에 관심을 둘 여력이 없었다. 그런 우리 가족에게 삶은 곧 여행 '중'이었다. 가다가 일정이 바뀌고, 목적지가 바뀌기도 하고, 동행이 늘어나기도 하겠지. 그래서 더욱 조급하게 '무엇'을 정할 게 아니라, 그저 주어진 하루하루 소중한 시간을 '어떻게' 살아갈지가 중요하다.

지금도 나는 그런 옛날 감성이 좋다. 온갖 화려한 그래픽 프로그램들이 쏟아져 나왔지만, 그냥 종이에 연필로 그리고 붓으로 칠하는 손그림이 더 좋다. 글자를 쓰는 일이 좋고, 실시간 소통이 가능한 SNS보다도 이렇게 책이라는 매체를 통해 천천히 사람들과 연결되는 일도 너무나 소중하다. 어렸을 때나 지금이나 세상 변화의 크기와 속도에 상관없이 똑같이 꾸준히 할 수 있는 게 있다는 건 참 멋진 일이 아니겠는가. 무언가 한 가지에 빠지면 좀처럼 질려 하지 않고 계속할 수 있는 내 성향이 그래서 무척 다행이다 싶다.

삶이라는 여행 중에 꾸준히 즐겁게 할 수 있는 일을 찾아내는 것은 그래서 참 중요한 것 같다. 언제나 여행 중이었던 내 삶,

이제는 우리 가족의 삶. 그렇게 여러 곳을 여행하듯 살다 보니 아쉬운 게 딱 한 가지 있다. 참 많이도 만났던 다양한 사람들과 추억이 쌓이고 정들고, 그러다 언젠가는 헤어지게 된다. 그럴 때마다 생각한다. 그래도 다시 만나겠지. 지구는 둥그니까 자꾸 걸어 나가면 언젠간 다시 또 만나겠지.

함께 반짝이는 반딧불이처럼

너의 깜빡임에 내가 맞추어 볼게

어느 날 문득 돌아보니 실험실이라는 공간을 매개로 운이 좋게도 정말 다양한 나라에서 온 각양각색의 사람들을 만났다. 낯을 가리고 내성적인 내가 이런 상황을 '운이 좋았다'라고 표현할 수 있는 날이 오게 되어 참 다행이다. 오래전의 나라면 분명 나와 사고방식이 다른 여러 사람들과 섞여 함께 일해야 하는 상황을 버거워 했을지도 모르겠다. 그렇게 내게 자라나던 뾰족 뾰족한 가시들이 둥근 지구별을 몇 바퀴 도는 동안 무뎌지고 다듬어지고 둥그러졌을 것만 같아서 이제는 '그래. 나는 참 운이 좋았다'라고 생각한다.

오래전 네덜란드 연구실에서 잠시 머물렀던 기억 중에 좋았던 부분은 우리 팀에 유독 다양한 국적을 가진 사람들이 많았던 점이었다. 한국에서 온 나를 포함하여 러시아, 독일, 프랑스, 인도네시아, 중국, 영국, 벨기에, 브라질 참 다양한 나라에서 날아온 우리는 서로 생김새도 문화도 억양도 너무나 달랐다. 공통 언어로 영어를 쓴다고 해도 서로가 가진 특유의 억양이 달라 소통이 어렵기도 했다.

어느 해인가 크리스마스를 맞이해서 각자 음식을 싸 오는 포트럭 파티를 하기로 했다. 이렇게 다양한 사람들이 크게 호불호 없이 먹을 수 있는 한국 음식에 뭐가 있을까. 고민 끝에 나는 김밥을 준비했다. 이왕이면 색도 예쁘라고 달걀을 삶아 노른자와 흰자를 분리해 으깬 다음 밥에 섞어 흰색과 노란색의 밥이 밖으로 나오는 두 가지 색의 누드 김밥을 준비했다. 다양한 재료가 섞여 조화로운 색과 맛을 내는 김밥은 생각 이상으로 인기였다. 맛은 물론이고 색깔도 예쁘다며 김밥이 순식간에 동이 났다. 이건 'Korean Sushi'가 아니고 'Kimbap'이라고 소개했던 일도 어린 나에게 제법 뿌듯했던 기억이다. 그렇게 제각각 다른 말을 쓰며 지구 반대편에서 살아온 우리가 우연에 가까운 낮은 확률로 한곳에 모여서 공부했던 일이, 함께 김밥을 먹었던 기억이 지금도 특별하게 남아 있다.

우리는 내가 네덜란드에 머물던 때를 제외하고도 계속 만났다. 나에게 실험을 지도해준(지금은 그 학교의 교수가 된) 당시 박사 후 연구원은 한국에 두 번이나 찾아왔었고, 나중에 스위스 로잔에서 열린 학회에서, 프랑스 디종에서, 그리고 미국 산호세에서 열린 학회에서 그 김밥 멤버들은 몇 번이고 다시 만나 뭉쳐 다녔다. 미국 LA에서 할리우드 글자가 있는 마운트 리에 올라가 다 함께 별을 본 기억도 난다. 그때 어느 레스토랑에서 식사 전에 네덜란드어로 '맛있게 드세요!'라고 외치고는 '그런데 우리 중에 막상 네덜란드인은 한 명도 없지 않냐'며 큰 소리로 웃었던 기억도 떠오른다.

물론 그렇게 마냥 즐겁기만 했겠는가. 나에겐 아무 일이 아닌데도 상대방에겐 중요한 안전이나 문화적인 문제가 되어 서로 긴장하던 일, 실험 장비를 쉐어해야 하는데 서로 우선순위를 두고 눈치 보던 일들이며, 분명 함께 일하면서 다른 사람들과의 불편함과 마찰은 피할 수 없다. 하물며 같은 배경에서 자라나 비슷한 눈동자 색을 가진 같은 나라 사람들끼리도 마찬가지 아닌가.

아주 어린 시절의 나였다면, 혼자서 일했다면 나는 무조건 일이 '되게' 하려고 애썼을 것 같다. 근데 그렇게 오랫동안 다른 사람들과 함께 일하는 다양한 경험을 한 후에는 이 일이 '어떻

〈반딧불이〉, 2022, 캔버스에 아크릴

게' 될까, 이왕이면 서로에게 도움이 되고 함께 성장할 수 있는 방향이 뭘까를 고민하게 된다. 연구를 절대 혼자서 잘할 수 없다는 생각은 그 이후에도 계속해서 나의 주된 고민이 되었다. 한국에서, 네덜란드에서, 그리고 미국에서 매번 전혀 다른 사람들과 한 공간에 모여 일을 한다는 것은 단순하게 일이 되도록 하는 것 이상의 고민과 주의를 필요로 한다. 서로 배려하고 양보하기 위해서 나와 다른 주기와 속도로 움직이는 상대방을 관찰하는 일도 게을리 해서는 안 될 것이다.

자연에는 각자 다른 주기와 속도로 움직이는 것들이 일정한 시간 뒤에 동기화되는 독특한 현상이 있다. 네덜란드 물리학자 호이겐스Christiaan Huygens는 토성의 고리와 위성을 관측하고 물결처럼 빛의 파동 성질을 밝혀낸 사람으로 유명하다. 그는 특히 벽에 걸린 두 개의 시계추가 일정 시간이 지나면 서로 같은 주기로 움직이게 되는 즉, 시계추의 동기화synchronization라는 현상을 처음으로 발견하기도 했다.

같은 벽에 걸린 두 개의 시계추는 처음에 각자 어떻게 움직이기 시작했는지 상관없이 잠시 후 같은 박자로 움직이게 된다. 이것은 시계가 걸려 있는 벽에 전달된 시계추의 진동이 다른 시계의 운동에 영향을 주었기 때문이다. 이 현상은 밤에 반딧불이가 함께 반짝이는 것과 같은 현상이다. 반딧불이는 처음에는 제각기 깜빡이다가 일정한 시간이 흐르면 주변의 반짝임에 스스로 박자를 맞추어 모두가 같은 주기로 반짝이게 된다.

지루하고 긴 자신과의 싸움, 몇 년간의 노력과 고생이 한순간 수포가 되는 일도 허다한 이 분야에서 초심과 열정을 지키는 게 얼마나 어려운지를 잘 알고 있다. 연구 동기와 의욕이 사라지면 잠시라도 버티기 어려운 이곳에서, 지치고 좌절할 때 어떻게 다시금 일이 즐거워졌는지. 그때 나를 깨우쳐주었던 사람들은 분명 내 주변에서 함께 발맞추어 걸어가 준 친구들, 동료들, 선배들이었던 사실을 잊지 않으려고 한다.

마치 지구별 다른 곳에서 날아와 한곳에 모여 김밥을 먹었던 것처럼, 이렇게 서로에게 동료라는 이름으로 만나 함께 연구하는 우리를 인연이라고 부르고 싶다. 그렇게 모여서 각자의 주기로 모두 다르게 생각하던 우리도 어느 때인가 동기화될 것이다. 밤하늘을 가득 수놓은 반딧불이처럼 그렇게 함께 반짝이는 날이 올 것이다. 그러기 위해 오늘부터는 내가 먼저 당신의 깜빡임에 내 속도를 맞추어 보려고 한다.

PART 3.

우리의 우주는 함께 빛난다

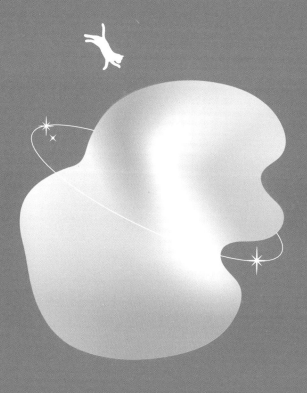

뉴턴의 사과가 아니고
뉴턴의 무지개

색의 진짜 의미를 알아내기 위해 떠나는 여행

대부분의 사람들이 뉴턴이라는 과학자를 이야기하면 상징적으로 사과를 떠올릴 것이다. 그러나 빛을 연구하는 내게 뉴턴은 무지개를 떠올리게 해준다. 누구나 어린 시절에 (물체 주머니 속) 삼각형 프리즘을 햇빛에 비추어 무지개가 만들어지는 걸 본 경험이 있을 것이다(물체 주머니가 뭔지 안다면 당신은 나와 같은 세대겠군요!). 비 온 뒤 공기 중 물방울에 빛이 굴절되어 무지개가 뜬다는 사실도 이미 잘 알 것이다. 그런데 그 이야기를 말 그대로 공식적으로 저술해 남긴 사람이 다름 아닌 뉴턴이라는 사실. 그리고 케임브리지 대학 트리니티 컬리지 예배당의 뉴턴 동상도 사과가 아닌 유리 프리즘을 들고 있다는 점을 알고 있는가.

　이 동상은 빛과 색의 개념을 세상에 알린 그의 저서(『Opticks』, 1704)가 던진 충격과 사람들의 반응을 그대로 반영한다. 동시에 그가 처음 이야기한 무지개에 후대가 보낸 일종의 찬사의 메시지라고 나는 생각한다. 뉴턴은 우리가 흰색이라고 알고 있는 햇빛 속에 일곱 개의 무지갯빛이 숨어 있다고 했다. 프리즘처럼 기울어진 면을 가진 투명한 유리를 이용해 이 빛들을 펼쳐 내거나 다시 합칠 수도 있다는 걸 정교한 몇 가지 실험을 통해 설명해 보였다. 그리고 그가 발견한 것들을 책으로 남겼는데 이것이 바로 '광학', 즉 빛의 학문의 시초가 된다.

　태양으로부터 만들어진 태초의 빛은 약 8분여 시간 동안 우주여행을 하고 우리의 눈까지 날아온다. 빨강, 주황, 노랑, 초록, 파랑, 보라색이라고 인지하는 '색'은 바로 이 빛의 도움이 있어야만 우리의 눈 앞에 펼쳐진다. 사물은 스스로 고유의 색을 가지고 있는 것이 아니라, 오히려 사물이 튕겨낸 '빛의 색상'을 우리가 그 사물의 색이라고 인식할 뿐이다. 빨갛게 보이는 사과에는 빨간색 자체가 없다. 빛이 없다면 색도 존재할 수 없는 것이다! 그리고 그 사실을 알려준 이가 바로 뉴턴이다. 그 덕분에 우리는 지금 우리의 눈을 이용해 인지한 색들을 디스플레이 화면에 재현해내기도 하고 정보를 전달할 수 있게 되었다.

뉴턴이 빛으로부터 색이 탄생할 수 있었음을 천명했고, 객관적인 뉴턴의 실험에 반박하며 소설가 괴테Johann Wolfgang von Goethe는 주관적이고 심리적인 현상이 더해진 '색채론'을 펼쳤다. 물리학자 하이젠베르크Werner Karl Heisenberg는 1941년 한 강연에서, 뉴턴의 색채론과 이의 대척점에 있는 괴테의 주관적인 색채론을 통합할 것을 이야기했다. 그는 자연과학을 객관 세계와 주관 세계로 완전히 나눌 수 없으며, 관찰자의 주관적 행위가 관찰 대상에 영향을 미친다는 불확실성을 주장하면서 괴테의 이론도 함께 고려해야 한다고 이야기했다. 특히 색을 예민하게 다루는 화가들에게 큰 호응을 얻었던 괴테의 색채 심리학은 이후 계속해서 사람들에게 새로운 방식으로 생각할 거리를 던져주었다. 사람들은 좋아하는 색으로 감정 상태를 설명하거나, 성향을 분류하기도 한다.

세계적인 색채 컨설팅 회사 '팬톤'은 해마다 '올해의 컬러Color of the year'를 발표하고, 이 컬러는 패션과 인테리어는 물론이고 디자인이 들어간 모든 산업에 큰 영향을 끼친다. 자연을 대표하는 초록색은 평화, 성장, 건강함을 상징하고 이것은 젊고 건강한 이미지를 강조하는 '네이버'와 '스타벅스'와 같은 브랜드를 대표하는 색채다. 파란색은 신뢰를 기본으로 하는 SNS('페이스북'이나 '트위터')나 힘이 있고 안정감을 주는 기업을 대표하는 이

〈캐니언과 무지개〉, 2023, 캔버스에 아크릴

미지('포드'나 '대한항공', '삼성')에 쓰인다. 음식에 관련된 산업이라면 신경계를 자극해 식욕을 돋우고 이목을 끌기 위해 빨간색을 기본으로 사용할 것이다. '버거킹'이나 '피자헛' 같은 패스트푸드 브랜드들이 대표적이다. 여기에 케첩과 머스터드가 떠오르도록 노란색을 곁들이기도 한다. 대표적으로 '맥도날드'와 '인앤아웃'을 들 수 있다. 우리는 지금 바야흐로 색이 지배하는 세상에 살고 있다.

　뉴턴이 알려준 '빛이 하는 일'을 평생의 업으로 삼으며 길을 나선 나는 이제는 이 빛이 보여주는 찬란한 색채의 세계로 여러분을 초대하고자 한다. 우리 주위를 둘러싸고 있는, 이미 알고 있었거나 혹은 알지 못했지만, 자연스레 느끼고 있었을 색에 관한 이야기들을 다양하게 펼쳐내 보이고 싶다. 마치 뉴턴이 프리즘으로 빛의 스펙트럼을 펼쳐내 보인 것처럼. 매일 일상처럼 지나치기도 하지만 들여다보면 볼수록 신비롭고 흥미진진한 세상의 색과 빛에 관한 이야기를 시작하려고 한다. 그러자니 마치 색의 진짜 의미를 알아가기 위해 먼 길을 나서는 여행자가 된 기분이다. 이 여행에 관심이 있는 이들이 있다면 기꺼이 나는 곁을 내어드리고 함께 가보자고 할 참이다.

캔버스에 담긴 빛은
무슨 색일까?

내가 좋아하는 게 무엇인지 안다는 것

누군가가 나에게 가장 좋아하는 화가가 누구냐고 물어보면 나는 주저 없이 지구 반 바퀴를 돌아 낯선 땅 네덜란드에서 그림을 통해 만났던 베르메르를 말한다. 물론 그는 델프트란 도시 자체를 대표하는 화가였기 때문에, 그곳에 머무르는 동안 자연스레 델프트 사람들의 베르메르에 대한 사랑에 동화된 이유도 있을 것이다. 그러나 그 이유를 차치하고서도 그만큼 빛의 속성을 잘 이해하고 화폭에 담아낸 이는 드물다는 생각에서 그는 단연 내 마음속 일순위다. 네덜란드의 위도가 높아 겨울엔 빛이 귀한 지역의 특성을 잘 담아서였을까. 그의 그림 속에서 빛은 항상 간절함을 지닌 듯 느껴진다. 그의 그림 중에는 쨍하게 태양 빛이 내리쬐는 야외 풍경은 좀처럼 볼 수 없다. 대부분의 그림 속에서 묘사되어 있듯 창문을 통해서 아스라이 실내로 들어오는 그림 속 빛을 보고 있자면, 그가 얼마나 빛을 사랑했는지 그 마음이 고스란히 전해진다.

그런데 생각해 보면 햇빛 자체는 특정한 색을 띠고 있지 않다. 우리가 보통 흰색이라고 떠올리는 햇빛은 프리즘으로 분리해야만 일곱 빛깔 무지개로 나누어진다. 그렇다면 빛의 화가들은 그림 속에서 어떤 색의 물감으로 빛을 표현했을까. 베르메르가 빛을 화폭에 담아내기 위해 적절하게 사용한 색은 다름 아닌 파란색이었다. 그는 울트라마린Ultramarine(청금석)이라고 불리는 파란색 물감을 즐겨 사용했다. 울트라마린은 지중해 너머 터키에서 건너온 파란색(울트라마린은 영어로 'over the sea'라는 뜻)으로 당시에는 금값보다 비싼 귀한 물감으로 알려져 있다. 남겨진 원작이 많지 않은 베르메르의 작품 감정에 중요한 역할을 하는 것도 이 울트라마린이다. 베르메르의 작품을 매우 잘 위조한 것으로 유명했던 메헤렌Han van Meegeren의 작품들도 결국 울트라마린이 아닌 300년 뒤에야 시중에 나온 코발트블루 물감을 사용한 것이 발견되어 위작임이 들통나게 된다.

베르메르는 사람의 피부, 직물, 금속 등의 물체에서 자연광

이 어떻게 춤출 수 있는지 이해하고 그것을 완벽하게 재현해낸 화가라고 생각한다. 그는 반드시 푸른빛이 도는 물체에만 울트라마린 물감을 사용한 것이 아니었다. 흰색 앞치마나 흰색 물병, 검은색 대리석 타일, 녹색 잎을 그릴 때도 울트라마린을 사용했는데, 그것은 실제로 빛에 비친 사물이 빛날 때 '물체의 미세한 표면 상태에 따라 태양 빛을 산란시키며 여러 가지 색들을 다양하게 내비치는 빛의 속성'을 그가 정확하게 알고 있었기 때문에 가능한 일이다. 그의 그림들 속에서는 마치 숨은 그림 찾기처럼, 사물 여기저기에서 울트라마린 물감이 미량씩 검출됐다. 베르메르는 파란색을 이용해 그곳에 빛이 머물렀음을 알려주었다. 그는 오래전 과거의 빛을 그림 속에 고이 담아 몇 백 년이 지난 지금 우리의 눈앞에 펼쳐 보인다. 마치 붓으로 빛을 실험한 실험가처럼 말이다.

그에게는 창 너머로 겨우 들어오는 소박한 빛이었지만 수백 년의 시간을 초월에 누군가에게는 큰 행복을 선사한다는 것이 나는 몹시도 좋았다. 지금은 사라져버린 오래전 과거의 것이라도 그림 속의 그 한 줄기 빛은 나의 외로운 타국 생활에 큰 위로가 되곤 했다. 젊은 날에 실험실이라는 공간을 매개로 세계 이곳저곳을 떠돌며 나는 어디에서도 뿌리내리지 못하는 몸과 마음, 불투명한 미래에 대한 불안으로 잠을 뒤척인 날이 많았다.

그럴 때마다 오래된 그림 속에 담긴 화가가 꾹꾹 눌러 담아둔 이야기를 서랍에서 꺼내듯 읽어본다.

한 줄기 빛을 그리는 화가는 그때 어떤 마음이었을까? 어떤 생각으로 붓을 들어 이 색깔을 만들어냈을까? 하고 나의 가난한 상상력을 보태어 그 시절의 이야기를 상상해본다. 그렇게 한참이고 그림 속으로 들어가 혼자만의 심상에 빠져보는 시간이 참 좋았다. 사람의 마음, 사랑, 돈, 명예, 권력, 결국 모든 것들은 시간이 지나면 세상에서 사라지고 마는데, 누군가의 영혼이 담긴 글과 그림은 영원히 남는다. 좋아하는 대상이 있다는 것, 그리고 내가 좋아하는 게 무엇인지 안다는 것은 큰 축복이다. 그건 어느 때고 힘들거나 아플 때 스스로 나를 위로하는 방법이 무엇인지 알고 있다는 뜻이기도 하다. 도서관에 틀어박혀 책을 읽으면서, 미술관에서 오래된 그림을 보면서 마음껏 헤매다 알게 된 '나'라는 사람은 그런 사람이었다.

검은색 그림자의
진짜 의미

밤은 지구의 따뜻한 그림자

어릴 때, 경북 영주의 깊은 산 속 사람의 발길이 거의 없는 물가에서 텐트를 치고 야영을 한 적이 있다. 가로등 하나 없는 깜깜한 밤, 유난히 크게 들리는 계곡의 물소리와 개구리 소리마저 무서워서 텐트 밖으로 나가지도 못하고 바들바들 떨고 있을 때였다. 갑자기 사람들의 탄성 소리와 함께 '밖으로 나와 봐!' 하는 외침이 들렸다. 소심하게 텐트 밖으로 얼굴을 빼꼼히 내밀었는데. 세상에나, 하늘에 저렇게 별이 많았던 건가. 내가 맨날 과학 잡지 〈과학동아〉, 〈뉴턴〉에서나 보던 별이, 은하수가 진짜로 있었다. 지식으로 알고 있는 것과 눈으로 직접 보는 것이 주는 감동의 차이는 말로 할 수가 없었다. 하늘에서 쏟아져 내릴 듯 별이 많았다. 사람이 만들어낸 빛과 기술이 닿지 않은 첩첩 산중이었기에, 깊은 어둠이 있었기에 세상에서 가장 멀리서 날아온 빛이 비로소 보인다. 그 먼 별들이 마치 손에 잡힐 것처럼 가까이 느껴졌다.

어릴 때는 밤이 무서웠다. 빛이 없어 캄캄해진 세상이 아무것도 보여주지 않기에 그 무無에서 오는 막연한 두려움을 떨쳐내기가 어려웠다. 눈꺼풀을 닫아 잠을 청하면 잠들기 전까지는 그 막연한 어두움의 공포에 괜히 뒤척거리는 때도 많았다. 그런데 생각해 보면 어두운 '밤'은 '지구의 그림자'이다. 태양이라는 거대한 빛이 있기에 지구의 등 뒤로 그림자가 만들어진다. 우리에게 떼어낼 수 없는 그림자가 있듯이 지구에게도 그림자가 있는 것이다. 우리는 웬디에게 그림자를 맡기고 네버랜드로 떠났던 피터팬처럼 그림자로부터 도망칠 수가 없다. 떼려야 뗄 수 없는 그림자임에도 막상 빛을 보고 서 있을 때 그림자는 뒤에 있으니 특별히 주의를 기울이지 않는다면 우리는 이 그림자를 별로 의식하지 않고 살아간다.

스위스의 심리학자인 칼 융Carl Gustav Jung은 자신의 그림자를 바라보는 일이 자아를 찾아내고 이해하는 과정에서 필연적이라고 했다. 그는 그림자 원형shadow archetype이란 개념을 개발했는데, 그것은 '의식적 자아가 스스로 인식하지 못하는 성격의 무의식적인 면'이라고 설명했고 이것은 사람들의 그림자와 같은 개념이다. 그림자란 기본적으로 '긍정적인' 면이 아니라 어두운 면이라는 '부정적인' 의미로 이루어져 있다. 따라서 우리는 본능적으로 자신의 이 어두운 면을 거부하거나 외면하기 마련이다. 어쩌면 검은 밤이, 어두움이 무서운 것도 뒤돌아 내 그림자를 보지 않으려고 하는 본능에서 기인한 마음일 테다. 하지만 융은 남들에게 보이기 싫어하는 내면의 그림자를 오히려 더욱 의식하고 대화를 나누어야 한다고 했다. 자신의 나약한 부분과 보기 싫은 모습을 직시할 때 오히려 가장 훌륭한 재능과 장점이 극대화될 수 있다는 것이다.

그림자를 맡기고 네버랜드로 떠났던 피터팬도 결국 그림자를 찾으러 웬디에게 다시 온다. 자꾸 도망 다니는 그림자를 붙잡자 웬디가 바느질로 그림자를 피터팬에게 꿰매준다. 그림자가 분리될 수 있다는 상상은 네버랜드에서 영원히 나이 들지 않고 동심으로 살아가는 피터팬에게나 가능한 일이다. 어떤 이는 마음속에 간직하고 있는 피터팬을 소환해 가끔은 그렇게 그림자를 모르는 사람이 되고 싶기도 할 것이다.

그러나 결국 어른이 되어가는 과정에서 우리는 자신의 그림자를 받아들여야만 한다. 깊은 어둠이 있어야만 저 멀리서 날아

〈검은 밤〉, 2022, 캔버스에 아크릴

온 별빛이 더 밝게 보인다. 어둠이 있을 때야 비로소 우리는 모든 사물을 온전히 다른 방식으로 바라볼 수 있게 된다. 그림자를 받아들여야만 거꾸로 진짜 나를 비춰주는 빛의 존재를 더욱 또렷하게 의식할 수 있을 것이다. 그러면서 자연스럽게, 다음 날 찬란한 아침이 오기까지 뒤에서 가만히 기다려주는 따뜻한 지구의 그림자인 '밤'이 더 이상 무서워지지 않는 날이 오게 될 것이다.

하얀 사막에서 든 생각

누구나 마음속에 거대한 하얀 사막을 지니고 있다

생텍쥐페리의 『어린 왕자』는 실제 국제우편 항공기 조종사였던 그가 사하라 사막에 두 번에나 추락했던 경험과 깨달음을 바탕으로 시작된 동화이다. 아찔한 사고들이었지만 오히려 그의 영혼은 그 뜨겁고 고독한 사막에서 수없는 담금질을 거쳐 아름다운 글과 그림으로 재탄생되었다.

내가 삼 년 반 정도 일했던 미국의 로스앨러모스 국립연구소는 뉴멕시코주에 있다. 큰 미국 지도를 펼쳐놓고 동쪽에서 시작해도, 서쪽에서부터 시작해도 유명한 도시와 주를 다 지나 지도의 중간쯤 와야 겨우 만날 수 있는 꼭꼭 숨겨진 메마른 땅. 미

국이 제2차 세계대전 당시 맨해튼 계획(핵폭탄을 만들기 위해 미국
정부가 물리학자들 파인먼, 오펜하이머 등과 비밀 작전을 수립한 곳. 후에
히로시마에 핵폭탄이 투하됨)을 수행하기에 적합한 외진 곳을 찾아
서였기 때문에, 아무것도 없이 사방이 사막으로 둘러싸인 이곳
이 선택되었다.

뉴멕시코주는 그랜드캐니언으로 유명한 애리조나주, 유타
주, 콜로라도주 등지의 사막들과 맞닿아 있기도 하지만, 남쪽
멕시코 국경과 맞닿은 곳에 특이하게도 흰 모래사막(화이트 샌
드)을 가지고 있다. 이곳은 오래전 얕은 바다였다가 대륙의 융
기와 침하를 반복해 겪으며 석고 물질이 흘러들어와 퇴적되면
서 형성된 분지로 알려져 있다.

이 석고들은 투명한 석회질의 크리스털crystal이 되었는데,
세월을 겪으며 풍화작용으로 깨지면서 작은 모래알이 되었다.
알갱이 하나하나는 매우 단단하고 투명한 크리스털들이다. 그
런데 비정형으로 생긴 이 모래알들이 가득 쌓여 빛을 사방으로
산란시키면 우리 눈에는 몹시도 우아하게 흰색으로 보이는 것
이다. 마치 미세한 입자들이 레일리 산란을 일으켜 하얗게 보이
는 하늘의 흰 구름처럼 말이다.

화이트 샌드에 다녀온 경험은 너무나 강렬해서 십 년이 지
난 지금도 생생하다. 마치 태초의 지구를 그대로 간직한 듯 깨

〈하얀 사막〉, 2021, 판넬에 아크릴

끗한 그 모습은 태어나 처음 마주하는 놀랍고 신비로움으로 가득한 풍경 그 자체였다. 희고 고운 석고 모래 속으로 하염없이 걸어 들어가자니, 사방이 하얘서인지 눈밭에 서 있는 것 같은 착각이 일었다. 혹은 거대한 캔버스 한가운데 서 있는 것 같기도 하다. 내가 걸어가는 길에 남는 발자국은 마치 흰 캔버스 천 위를 가르는 붓이 그린 것만 같다.

나는 그때 누구나 마음속에 이 거대한 하얀 사막을 지니고 있다고 생각했다. 이 마음속 흰 사막은 마음을 비추는 커다란 영혼의 거울이다. 『어린 왕자』에 나오는 여우처럼 서로에게 길들여지길 기대하며 하염없이 그리운 이를 기다리는 곳이기도 하다. 때론 뜨겁게 갈망하되 손에 잡히지 않는 형상을 신기루처럼 만나기도 하는 곳이다. 단단하게 뭉쳐진 어떤 마음도 이곳에서만은 바람에 갈리고 다듬어져 고운 모래 가루가 되고 만다.

마음이 텅 빈 어떤 외로운 날에는 이곳에 서 있는 자아가 더욱 또렷하게 인식되고 고독이 깊어지는 밤을 혼자 보낸다. 홀로 남은 이 하얀 사막에서 자신의 그림자를 더욱 선명하게 바라볼 수 있는 시간을 가지게 될 것이다. 그러면서 어떤 이들은 그 마음들을 모아 아름다운 한 편의 시를 쓰고 노래를 지어 부르기도 하겠지.

파랑새는 없다

파란색은 만질 수 없는 행복

　몇 해 전 프랑스 파리의 퐁피두 현대미술관에 간 적이 있다. 파리에 단 하루만 머무를 수 있다면 어떤 미술관을 추천하겠냐고 누가 묻는다면 나는 주저하지 않고 퐁피두!라고 외칠 만큼 그 경험은 이전에 내가 알고 있던 그림 감상에 관한 생각을 전복시켰던 일대 사건이었다. 루브르나 오르세 박물관처럼 전 세계적으로 유명한 많은 그림을 소장하고 있는 미술관에 가야 교과서에 한 번쯤 나왔을 작품들을 다 볼 수 있는 거 아닌가요?라고 묻는다면 맞다. 유명하고 큰 미술관에 유명한 그림들이 많은 건 사실이다. 그리고 모네의 〈수련〉이라는 그림 자체가 하나의 건축물처럼 멋들어진 오랑주리 미술관도 좋다. 내게도 어렵게만 느껴지는 현대미술 작품이 많다는 이유에서일까. 어쩐지 파리에 여러 번 방문하도록 퐁피두 미술관에 발걸음이 쉬이 가지지 않았었다.

그런데 이럴 수가. 여기에 내가 좋아하는 샤갈Marc Chagall도 있고 피카소Pablo Picasso, 브라크Georges Braque, 마티스Henri Matisse 등 최근 거장들의 작품이 즐비하다. 그러다 우연히 어느 방에 들어간 나는 순간 발이 굳어버리는 것 같은 충격을 받았다. 그 방에는 미로Joan Miro의 〈Blue〉 세 점이 방의 세 면에 각각 걸려 있었다. 가로 폭이 삼 미터가 넘는 그림 세 점은 온통 푸른빛으로 가득했다. 파란색을 내가 이렇게 좋아했었던가. 우주를 표현하는 듯 이 거대한 파랑은 사람을 압도하는 힘을 지녔다. 그렇게 미로가 안내하는 신비로운 우주를 실컷 유영하다가 현실로 돌아온 건 한참을 지나서였다. 그렇게 하염없이 사람을 빨아들이는 그림이 있다. 어떤 조형적 요소나 그림의 기술보다도 '색' 자체로 말이다.

그러고 보니 파란색은 흔한 색이 아니다. 우리 주변에서 가장 큰 파랑은 하늘과 바다다. 하지만 그건 눈에 파랗게 보이는 것이지 파란색 자체가 아니다. 화가 베르메르의 울트라마린처럼 파란색 물감도 귀하고, 또 그래서 그 어떤 색보다도 사연을 많이 가지고 있다. 누구나 한 번쯤 읽었을 『파랑새』라는 소설에서 주인공들은 행복이라는 이름의 파랑새를 찾아 모험을 떠난다. 소설의 끝에 찾아 헤매던 파랑새가 집 안의 새장에 있었다는, 행복은 멀지 않은 곳에 있다는 이야기다.

왜 행복은 빨간색도 초록색도 아닌, '파란색'일까. 바로 파란색이 자연에 거의 없기 때문이 아닐까. 색 중에서도 쉽게 구할 수 없는 너무나 귀한 색이어서, 행복이라는 이름을 거머쥘 수 있게 된 게 아닐까. 실제로 파랑새는 없다. 하늘과 바다처럼, 파란 나비라던가 파란색을 띠는 동물과 곤충 대부분은 실제로 파란색이 아니다. 새와 나비의 날개의 세밀한 표면 구조 때문에 사람의 눈에 파랗게 보이는 것일 뿐, 파란색이 아니다. 여기서 말하는 실제의 색이란 생명체가 가진 본연의 천연 색소를 말하는 건데, 푸른빛을 띠는 천연 색소는 자연계에 매우 드물다. 나비 역시 그런 물질을 지닌 게 아니었다.

영롱한 파란색을 띠는 것으로 유명한 모르포 나비의 표면에 관한 연구 결과는 이미 공개되어 수많은 나노 과학자들에게 놀라움과 동시에 새로운 영감을 주었다. 십억 분의 일 미터까지 볼 수 있는 특별한 현미경(주사 전자 현미경) 사진으로 보면 파란색으로 보였던 나비의 날개는 독특한 형상을 지니고 있다. 나비 날개의 표면을 자세히 들여다보면 수백 나노미터(천만 분의 일

〈파란 하늘〉, 2022, 캔버스에 아크릴

미터) 크기의 기왓장 같은 조각들이 규칙적으로 겹쳐서 놓여 있다. 이 물질을 좀 더 확대해서 보면 각 기왓장 조각은 복잡한 주름 형태의 반복적인 요철을 가지고 있다. 실제로 이 조각은 색소를 가지고 있지 않아 투명한 물질이다. 다만, 이 기왓장 조각들이 놓인 배열과 간격이 특정한 색의 빛만 강하게 반사한다. 이 기왓장 조각들을 통과하면서 파란색 빛은, 결이 잘 맞는 파동의 형태로 합쳐져서 반사(보강 간섭)된다. 그러나 다른 파장의 빛은 투과해 지나가거나, 서로 결이 잘 맞지 않아 상쇄(상쇄 간섭)되고, 여러 방향으로 흩어져버려 우리 눈에는 파란색 빛만 도달하게 된다.

이 간섭의 조건은 빛이 들어오는 각도와도 연관이 있어, 나비의 날개를 비스듬하게 다른 각도에서 본다면 오묘하게 다른 색으로 보일 것이다. 즉 나비 날개 표면의 미세한 구조들이 우리의 눈을 속이고 있는 셈이다. 이렇게 반복된 결정 모양의 나노 구조와 빛의 상호 작용에 관한 놀라운 발견은 오늘날 중요한 광기술 중의 하나인 광결정photonic crystal을 만드는 데 결정적인 동기 부여를 하였다. 광결정은 유전체를 주기적으로 배열하여 특정 색의 빛과 강하게 또는 약하게 상호 작용하고, 특정한 방향으로 빛의 흐름을 조절할 수 있게 만들어진 매력적인 물질이다. 빛을 이용하는 산업 전반에 유용하게 쓰일 수 있다.

　　과학자들은 자연에서 영감을 받아 발명하는 경우가 많다. 이미 자연이 많은 것을 알고 있고, 정교하게 계산된 형태로 체계적으로 운영되고 있기 때문이다. 이 자연으로부터 얻은 힌트는 사람이 만들어낸 기계나 장치의 효율을 높이는 데 큰 도움이 된다. 오늘날의 나노 과학자들이 나비의 날개 구조처럼 빛과 상호 작용을 잘 일으키는 자연을 계속해서 탐색하고 들여다보는 이유가 바로 여기에 있다.

　　색 중에 쉽게 '만질 수' 없는 색은 파란색이다. 하지만 역설적이게도 우리가 눈으로 '볼 수' 있는 파란색은 주변에 널려 있다. 지구를 온통 뒤덮고 있는 파란 하늘과 바다처럼 말이다. 우리는 우주에서 바라본 지구를 '푸른 별'이라고도 한다. 존재하지 않아 만질 순 없지만 볼 수 있는 파란색은 바로 우리 곁에 있다. 자연이 그 답을 알려주었듯이, 쉽게 만져지지 않는다고 생각하는 행복도 이미 내 곁에 한껏 다가와 있었을지도 모른다. 마치 파랑새처럼 말이다.

노란 방의 비밀

당신의 눈동자는 무슨 색인가요

처음 네덜란드에 방문했던 시절 낯선 곳에서 적응이 힘들었던 여러 가지 이유 중 하나는 방 천장에 조명이 없어 컴컴하다는 것이었다. 대부분의 집 안은 밤이 되면 일명 노란 방이 된다. 한국의 집에서 흔히 볼 수 있는 천장에 있던 형광등은 없고, 주로 침대 맡이나 책상에 노란 조명을 따로 쓰고 있는 것이었다. 밥을 먹는 식탁이나 소파 주변도 플로어 램프 등이 부분적으로 희미하게 방안을 비추는 것이 대부분이었다.

어릴 때 보던 미국의 범죄 스릴러 영화나 드라마에서 항상 어두운 방에 범인이 숨어 있곤 하지 않았던가. 〈CSI〉나 〈24시〉

같은 범죄 추리물 드라마에 등장하는 경찰은 사건 현장을 살피고 감식할 때 꼭 손전등을 들고 다니면서 살핀다. 사고가 일어난 현장의 어두운 구석을 비추다가 갑자기 중요한 단서나 범죄 흔적이 나타나면 절로 소리를 지르며 깜짝 놀라곤 했던 기억이 생생하다.

네덜란드만 그런 게 아니고 여행차 들러본 프랑스도, 독일도 다 방 안에 형광등 같이 쨍한 메인 조명을 두지 않고 노란 방에서 생활한다. 후에 몇 년간 살게 된 미국에서도 그런 것을 보니, 거꾸로 '우리나라만 쨍하게 밝은 빛을 좋아하는 건가? 그렇다면 이유가 무엇일까?'라는 질문이 생겨났다.

위에서 나열한 유럽과 미국에는 다양한 피부와 머리색과 눈빛을 가진 사람들이 살지만, 파란색 눈을 가진 사람을 기준으로 생각해 보면 답이 나온다. 한국 사람을 포함해서 세계 인구의 절반은 갈색빛 눈을 가지고 있다(짙고 옅음의 차이가 조금씩 있다). 이것은 눈의 홍채가 가진 기질基質 속에 갈색인 다량의 멜라닌 색소가 함유되어 있기 때문이다. 파란색의 눈은 파란색 색소를 가져서가 아니다. 갈색빛인 멜라닌 색소가 상대적으로 부족해, 파란색을 많이 반사시켜서 파랗게 보이는 것이다. 하늘이나 바다가 파랗게 보이는 것과 같은 원리다.

파란 눈은 유럽과 러시아에 흔하며 중동이나 인도, 이스라

엘에서도 상당수가 나타난다. 이 홍채의 멜라닌은 상대적으로 광-에너지가 높은(파장이 짧을수록 광-에너지가 높다) 파란색을 비롯해 보라색과 자외선 광선으로부터 망막을 보호해주는 역할을 하므로 멜라닌 색소가 적은 눈은 실제로 푸른 계열의 빛에 더 민감하고 취약하다는 뜻이기도 하다. 푸른 계열의 광-에너지가 높은 빛은 실제 여러 가지 화학 작용을 유도해 물질을 변형시킬 위험을 가지는데, 밝은 청색 LED 조명 때문에 미술관에 걸려 있던 고흐의 그림 속 해바라기의 노란빛이 점차 갈색으로 변하기도 했다(이 사건 이후, 미술관에서는 청색이 적은 조명으로 교체하기도 하였다).

파란 눈을 가진 유럽인들이 낮에 햇빛에서 일광욕을 즐기면서도 선글라스를 반드시 쓴다는 점을 떠올려보자. 이들은 검은색에 가까운 갈색 눈을 가진 사람들보다 더욱 자외선과 햇빛에 민감하고, 실내에서도 쨍한 형광등 불빛에 눈 시림과 피로감을 겪기도 한다. 이들에게 선글라스는 멋을 내기 위한 액세서리가 아니라, 생존을 위한 필수품인 셈이다. 따라서 공공기관이나 학교, 병원처럼 선명한 조명이 필요한 곳을 제외한 실내, 즉 휴식이 주된 집 안을 선명하고 밝게 만들 이유가 없는 것이다.

내게 있어 그곳에서 만난 실내의 약한 노란 조명의 첫인상은 낯선 곳에서의 삶에서 오는 두려움과 긴장감에 어둡고 음침

한 기운까지 얹어져 일종의 두려움으로 남아 있다. 재미있는 것은 그렇게도 무서웠던 희미한 노란 방의 첫인상이 시간이 지나자 어느덧 익숙해지고 오히려 편안하게 느껴지고 적응이 되더란 사실이다. 후에 미국에서 삼 년간 생활하면서 쉬는 공간인 집 안에서의 약한 조명에 나는 완벽하게 적응했고, 한국으로 돌아와 사는 지금도 집 천장의 메인 등을 없애버리기에 이른다.

　우리는 모두 미세하게 다른 피부색과 눈동자 색을 가지고 있다. 유전적으로 우성인지 열성인지에 따라 세대를 거듭하며 다른 조합의 사람이 탄생하고 그 조합의 가짓수는 무한대에 이른다. 이렇게 다른 사람의 신체 조건이 결국 다른 문화, 다른 기술을 선호하게 되면서 큰 환경의 차이를 만들어낸다. 우리가 낯선 곳을 여행하며 그 환경을 둘러보며 가지는 작은 호기심 하나가 자연과 인체의 상호 작용, 인체의 신비에까지 도달하게 해주었다.

　이게 바로 여행을 하고 세상을 둘러보는 것의 묘미이자, 나와는 전혀 다른 사람과 그 사람의 주변을 이해하는 출발점이겠지. 그래서 이 다름을 관찰하고, 인정하고 경험해 보는 기회를 가지는 것이 참 소중하다. 지구에 사는 우리가 모두 조금씩 서로 다른 색의 눈동자를 가지고 있다는 사실을 잊지 말자.

봄날 피었다가 사라지는
아지랑이처럼

순환하는 계절처럼 우리의 마음도

초등학교 시절부터 우리는 지도를 보면서 우리나라는 삼면
이 바다고 사계절이 뚜렷한 기후를 지닌다고 배운다. 너무나 당
연해서 특별히 외울 필요도 없이 이 정보를 수용해버리곤 한다.
그러나 내게 이 말의 진짜 의미와 무게감이 체감되기까지는 실
로 많은 시간이 필요했다. 실제로 이렇게 고온다습한 여름을 겪
고 몇 달이 채 지나지 않아 건조하고 차가운 한파를 겪어야 하
는, 그래서 길고 짧은 소매의 두께별 옷을 다 가지고 살아야 하
는 나라가 그렇게 많지 않다. 우리나라는 지구상에서 중간쯤 되
는 위도에 바다로 둘러싸인 반도면서, 계절풍과 기단의 영향을

〈경회루의 겨울〉, 2022, 캔버스에 아크릴

골고루 받는다. 그렇게 절묘하게 여러 현상이 합쳐져서 일 년을 틈틈이 쪼개 다채로운 사계절을 모두 만들어낸다는 것도 춥기만 하거나 덥기만 한 나라들을 다녀보고서야 저절로 알게 되었다.

뜨거웠던 여름날에 '어우, 더워 죽겠다'라며 불볕더위에 앓는 소리를 하다가도 언제 그랬나 싶게 머잖아 '어우, 추워 죽겠다'는 소리가 절로 나온다. 이렇게 급변하는 계절을 겪으며 우리의 인체는 놀랍도록 그때 그 계절의 온도와 습도에 적절하게 순응하며 극한의 자연을 견뎌낸다. 혹독한 겨울 추위를 견디고 나면 살랑살랑 봄바람이 불어 잔뜩 움츠렸던 마음을 다독여주고, 그러다 찌는 듯한 여름을 나면 가을 선선한 바람이 불어와 한껏 올라간 불쾌지수를 내려준다. 그렇게 순환하는 계절을 우리의 몸은 너무나 잘 알기 때문에 다음 계절을 기다리면서 견디고, 또 즐기는 것이 아니겠는가.

그렇게 '죽겠다' 소리를 달고 살며 계절에 따라 동요하는 우리네 마음이 마치 봄날 도로 위에 피었다가 사라지는 찰나의 아지랑이 같다. 봄날 급격하게 변하는 일교차로 낮에 태양 빛이 강하게 내리쬐면 지면은 뜨겁게 달구어진다. 뜨겁게 달궈진 공기는 상대적으로 가벼워져 위로 올라간다. 자연스럽게 주변 공기덩어리의 위치가 바뀌면서 요동친다. 온도에 따라 결국 공기의 밀도가 달라지고 이것은 빛에 대한 굴절률을 높이별로 바꾸는 효과를 만들어낸다. 지면 위를 대류하며 움직이는 이 다른 굴절률의 공기덩어리 사이를 빛은 이리저리 굴절되며 돌아다닌다. 멀리 보이는 풍경은 어쩐지 이 움직이는 공기 렌즈를 움직이며 굴절되어 우리 눈에 일렁거리며 다가온다.

비가 오지 않았는데도 마치 물웅덩이가 생긴 듯 건물들이 도로 면에 비춰 보이는 것도 이 때문이다. 이러한 공기의 부분적인 온도차에 의해 일렁거림은 모닥불을 똑같이 피워도 만들어진다. 가만히 타오르는 장작불이나 촛불을 멍하게 보면서 느슨하게 마음의 긴장을 풀고 '불멍'을 즐겨본 사람들이라면 공감할 것이다. 내가 보는 풍경의 일렁거림도 찰나의 장면들이고, 이 또한 시시각각 변한다. 우리네 삶이 그렇다. 뜨겁게 달아올라 터질 것 같은 마음이었다가도 이내 차갑게 식어 냉정하기 짝이 없다.

어떤 고난과 어려움이 닥쳐와도, 그래서 내 마음 하나 추스르기가 버거워 삶의 무게가 가혹하리만치 무거운 날에도 우리는 다음에 찾아올 봄을 기다린다. 그렇게 모든 일이 계절이 순환하듯 달라질 것이고, 내 마음도 짧은 유통기한을 넘기지 않고 변해간다는 것을 우리는 살면서 자연스럽게 체득하게 된다. 그 계절에만 입을 수 있는 옷이 있고 할 수 있는 운동이 있듯이, 그

계절에만 느낄 수 있는 감정도 있다.

　시간은 비가역적으로 한쪽으로만 흘러가 버리니 부디 우리 젊은 날에 이 시절에만 할 수 있는 일들을 놓치지 않고 해보았으면 좋겠다. 어느 따스한 봄날 도로 위에 잠시 피어오르는 아지랑이처럼 그렇게 사라져 버리기 전에 찰나의 풍경을 즐길 수 있는 마음의 여유를 가졌으면 좋다. 그런 마음으로 고된 어느 하루를 우아하게 버텨내보자.

겉과 속이
다 건강해지려면

삶은 중용과 선택의 연속

'봄빛이 센가요, 가을빛이 센가요?' 하면 떠오르는 옛말이 있다. '봄에는 밭에 며느리를 보내고, 가을엔 딸을 내보낸다'라 는 (고약한) 말이다. 봄빛이 세서 얼굴이 더 타기 때문에 얄미운 며느리를 일하러 보낸다는 옛말(옛말이어서 다행이다!)인데 실제 로 봄철 햇빛이 세기가 더 세고, 겨우내 실내 생활에 연약해진 피부도 자외선에 더 민감하게 반응해 소위 타기 쉽다. 멜라닌 색소가 증가하면서 얼굴에 기미나 주근깨 잡티가 많아진다. 광-에너지가 높은 자외선에 피부가 노출되면 피부 속의 콜라 겐과 엘라스틴 섬유가 파괴되어 탄력이 떨어지고 주름도 많아진다.

이러한 과학적 사실을 그 옛날의 사람들이 경험적으로 이미 알고 있었다는 말이다. 현재에 와서는 자외선으로부터 피부를 보호하기 위해서 자외선 차단제를 바르고 외출하는 게 거의 일상이라고 할 수 있다. 그럼 무조건 자외선 차단 지수가 높은 제품을 많이 바르면 되는 거 아니냐고? 그런데 말이다. 자외선을 차단해버리면 우리 몸에 꼭 필요한 비타민 D도 같이 차단된다는 사실!

비타민 D는 일종의 지용성 비타민으로 피 속의 칼슘과 인의 농도를 유지하도록 돕는다. 칼슘의 흡수를 도와주기 때문에 뼈 건강에 좋고 수면장애, 우울증, 치매 등의 질병에도 연관되어 인체에 필수적이다. 음식물이나 약물로 비타민 D를 섭취할 수도 있지만, 햇볕만 적당히 쫴주면 자외선에 의해 체내의 프로 비타민 D가 비타민 D로 전환된다. 그러니 결국 자외선이 강하면 피부에는 안 좋지만, 그렇다고 무작정 막으면 비타민 D의 흡수에 방해가 되어 또 다른 부작용이 생긴다는 말이 된다. 한국인이 유독 비타민 D 부족이 많다고 하는데, 자외선 차단제를 열심히 바르기 때문일 수도 있다고 생각한다. 자외선으로부터 겉모습인 피부를 지킬 것인가, 몸 안의 뼈와 마음을 지킬 것인가. 오늘도 거울 앞에서 선크림을 바르며 과過와 불급不及 사이의 어디쯤에서 중용을 찾을 것인가 고민한다!

　비단 자외선 문제뿐인가. 함께 사는 세상에서 우리는 남에게 보이는 모습은 그렇게 가꾸고 의식하면서 정작 말과 행동에서는 서투르기 그지없어 얼마나 서로에게 상처를 주기 십상인가 말이다. 남에게 베푸는 행동은 부족하면 상대는 상처받고 나를 원망할 것이고 그렇다고 과하면 그 또한 부담을 느낄 것이다. 나의 우주가 있고 타인의 우주가 있고 우리는 각자의 궤도를 돌고 있다. 그 궤도가 겹칠 때 서로에게 힘을 주기도 하지만 부딪쳐 아프게 할 수도 있는 것이다. 마치 자외선처럼 말이다. 겉과 속이 다 건강한 사람이 되기 위해, 서로의 궤도를 조화롭게 지키며 살기 위해서 오늘도 거울 앞에서 중용을 고민한다.

알로록달로록
단풍이 지는 나라

생존을 위해 변신하는 나무들의 지혜

알록달록하게 예쁜 꽃, 단풍이라는 말을 들어본 적이 있을 것이다. 알록달록이란 말은 우리말로 알로록달로록의 준말인데, 여러 가지 밝은 빛깔의 점이나 줄 따위가 조금 성기고 고르지 아니하게 무늬를 이룬 모양이라는 뜻이다. 가을이 되면 기상청이 '알로록달로록' 단풍이 드는 시기를 나름 예측하여 시기를 알려주곤 한다. 기상청에서 나무가 하는 일을 어떻게 예측할 수 있는 것일까. 단풍이 만들어진 현상이 바로 빛의 양과 온도와 관계가 있기 때문이다.

기온이 내려가면 나무는 나뭇잎을 떨어뜨려 겨울을 날 준비

〈가을〉, 2022, 캔버스에 아크릴

를 한다. 몸속에 수분이 많으면 추운 겨울에 나무는 꽁꽁 얼어 버리기 때문에 일부러 잎들을 바짝 말려 떨어지게 만들어 표면 적을 줄인다. 햇빛이 많아 광합성 활동을 왕성하게 하는 여름에 는 나뭇잎이 선명하게 초록색을 띤다. 그러나 기온이 내려가면 나무는 스스로 나뭇잎과 잎자루 사이에 있는 특수한 조직을 단 단하게 만들어 몸속 수분과 영양분이 잎을 통해 바깥으로 빠져 나가는 통로를 막아버린다. 그러면 뿌리를 통해 흡수한 물과 영 양분은 나뭇잎에 공급되지 못해 나뭇잎이 가진 엽록소도 점차 빛을 잃어가고 결국 바짝 마른 나뭇잎은 스스로 바닥으로 떨어 진다.

여름철에는 엽록소가 만들어내는 초록색이 나뭇잎의 색을 결정한다. 그러다 가을이 되어 일조량이 줄면 광합성이 줄면서 잎사귀 속의 엽록소들도 줄어든다. 그러면 나뭇잎은 초록빛에 가려져 숨어 있던 본래의 색들을 자연스럽게 드러낸다. 초록색 이 단풍색으로 변하는 게 아니라, 초록색이 사라지면서 본래 나 뭇잎이 가진 색상이 드러나게 되는 셈이다. 은행나무, 호두나 무, 자작나무는 노란색으로, 감잎은 주황색으로, 담쟁이덩굴과 단풍나무는 붉은색으로 말이다. 노란 단풍이 되는 나무는 크산 토필 성분이, 주황색은 카로틴, 붉게 물드는 나무의 경우 안토 시아닌 성분이 많아서 그렇다.

붉은 단풍을 만들어내는 안토시아닌 성분은 한편으로는 나무를 보호하는 방충제 역할도 한다. 안토시아닌 성분이 들어 있는 나뭇잎이 주위에 쌓여서 땅속으로 흡수돼 겨울잠을 자는 나무를 지켜주는 것이다. 추운 겨울 동안 나무는 땅속으로 흡수된 낙엽으로부터 다시 부족한 양분을 채울 것이다. 이렇듯 나무는 너무나 지혜로운 방식으로 잎을 말려 단풍색이 되게 하고, 그 떨어진 잎사귀를 모아 추운 겨울을 스스로를 지키며 버텨낸다.

우리는 나무가 오랫동안 한자리에 뿌리내리고 서서 그저 날씨에 순응하는 수동적인 생명체라고 생각하기 쉽다. 그런데 가만히 들여다보면 특별한 이유 없이 그냥 그렇게 존재하기만 하는 것은 세상에 하나도 없다. 자연이 그렇다고 알려주었다. 하물며 오랜 시간 자리를 떠나지 못하고 서 있는 나무의 생애조차도 이렇게 부지런하고 역동적이지 않은가. 치열하게 시시각각 빛의 양에 반응하고 스스로 색을 바꾸고, 계절에 맞추어 옷을 갈아입는 줄은, 이렇게 주어진 삶을 가득 채워가며 살고 있다고 생각하긴 쉽지 않다.

동시에 나무는 그렇게 분주하게 보낸 시간에 대해 즉각적인 보상을 바라지도 않는다. 우리가 반복된 일을 하면서 쉽게 지치고 스스로의 선택을 후회하고 앞으로 나아가지 못한 채 과거에 매여 괴로워하는 어느 날에도 나무는 그렇게 주어진 하루를 성실하게 살아낸다. 그저 묵묵하게 다음에 올 계절에 피울 꽃을 기다리며, 다디단 열매를 준비하면서 그렇게.

우리나라는 사계절이 비교적 비슷한 기간을 가지고 계절마다 빛의 양과 온도 차이가 뚜렷하다. 빛의 양과 온도 차이에 역동적으로 반응하는 나무의 모습이 계절마다 달라지는 게 이해가 간다. 특히 가을에 우리나라의 단풍이 유독 화려하고 아름다운 것도 충분히 설득력이 있다. 단풍이 시작되는 가을 하늘에는 대기 속에 먼지가 적어 햇빛의 산란이 더 높은 곳에서 일어나 하늘이 높고 푸르게 보인다. 청명한 가을 하늘에 알록달록하게 단풍 진 나무들이 더욱 선명하고 찬란하게 그 존재를 뽐내고 있는 듯하다. 마치 잔잔한 바람에 살랑살랑 흔들릴지언정 결코 쉬이 꺾이거나 부러지지 않는 단단한 삶을 살아내는 나무를 한 번 더 보라고 말하는 것처럼. 나무로부터 무던하게 살아가는 지혜를 배우라고 말하는 것처럼.

보이는 것이
모두 진실은 아니다

산타는 왜 루돌프에게 썰매를 끌라고 했을까

십이월은 지역과 종교를 막론하고 세상 어린이들에게, 그리고 어린이의 마음을 가진 어른들에게 설레는 때일 것이다. 더는 소원을 빌지 않는 나이가 되어서도 길거리를 가득 매우는 캐럴 송과 크리스마스를 연상시키는 장식은 산타 할아버지를 믿었던 어린 시절의 마음을 잠시나마 소환해 즐거움을 주곤 한다. '루돌프 사슴 코는 매우 반짝이는 코……' 유명한 캐럴 송에도 등장하듯이 매우 빨갛고 반짝이는 코를 가진 루돌프는 사슴들 사이에서 외톨이였다가 밤에 선물을 가득 실은 산타의 썰매를 끄는 멋진 일에 발탁된다.

그런데 실제 루돌프(사슴이 아니고 순록이다)는 추운 북극 지방에 살아 코가 빨개진 거지(코에 모세혈관이 많아 열의 양을 코로 조절한다) 코에서 빛이 나진 않는다. 동화에나 나오는 루돌프에게 왜 이렇게 진지할 일이냐고? 실제로 산타가 루돌프에게 특별한 능력이 있음을 알아본 건 사실이기 때문이다!

루돌프의 특별한 능력이란 코가 아닌 바로 신비로운 '눈eye' 에 있다. 루돌프의 눈은 사람이 볼 수 없는 자외선 빛을 볼 수 있다. 북극 지방에 쌓여 있는 하얀 '눈snow'은 빛을 잘 반사한다. 스키장에서 선크림을 바르지 않으면 피부가 평소보다 많이 타는 것을 떠올려보면 쉽게 이해가 갈 것이다. 엄밀하게는 태양으로부터 오는 자외선의 실제량은 지구의 적도 부근이 훨씬 많지만, 북극 지역에서 눈에 의해 반사되어 자외선이 공기 중에 훨씬 많이 돌아다닌다.

순록이 좋아하는 먹이인 이끼류는 자외선을 많이 흡수한다. 그리고 순록에게 무서운 천적인 늑대처럼 동물들의 털도 자외선을 많이 흡수한다. 눈에서 자외선이 반사되고, 이끼나 늑대의 털에 많이 흡수되는 이 광학적 차이에 의해 눈으로 식별할 수 있을 만큼 강렬한 명암 대비가 일어난다. 식량을 찾아내는 것과 포식자를 발견하는 것은 동물들에게 본능적으로 필요한 생존 전략일 터. 하얀 눈밭에서 이끼를 잘 찾아내고 포식자를 피하려고 자외선에 민감하도록 순록의 눈이 진화한 것으로 보인다.

겨울이 긴 어두운 북극 지방에서 자외선에 밝은 순록의 눈은 희미한 명암으로 겨우 사물의 형상을 구분하는 사람들보다 꽤나 유용한 셈이다. 꿀벌과 같이 자외선 빛을 이용해 꿀-가이드(자외선으로만 볼 수 있는 꽃길이 꿀벌에게는 보인다. 알록달록 화려한 꽃잎의 색깔이 아니라 그 꿀-가이드를 따라서 꽃을 찾아낸다)가 그려진 꽃을 찾아다니는 곤충 외에 포유류 동물 중에 이렇게 자외선을 볼 수 있는 동물은 흔치 않다.

그렇게 특별한 능력을 지닌 루돌프의 눈을 산타도 알아본 것이라고나 할까. 긴 겨우내 낮이 짧고 밤이 길며 눈이 많이 쌓여 있는 극한의 환경에 적응해온 그들만의 생존 방식은 사람이 생각하는 것과는 매우 다를 수밖에 없다. 우리가 야행성이라고 부르는 동물들의 눈에는 색깔을 구분하는 원추 세포가 없거나 매우 적게 분포하고 반대로 빛의 양에 반응하는 간상 세포는 매우 많아서 명암만으로도 사물을 구별하기도 한다. 빛이 부족한 밤에 활동하는데 색보다는 명암만으로 구분하는 게 훨씬 유리하다.

대표적인 야행성 동물인 고양이는 어두운 곳에서 동공을 확장시켜 빛을 많이 받아들이는데 때로 사람의 세 배에 달하는 양을 수용할 수도 있다. 많은 양의 빛으로 명암 구분을 통해 밤에 이미지를 잘 식별할 수 있다. 거기에다 고양이는 망막 뒤쪽에 일종의 반사판을 가지고 있어 수용한 빛을 반사해 실제로 받아 들인 것보다 훨씬 많은 양의 빛으로 정보를 해석한다. 어두운 곳에 있는 고양이 눈에서 빛이 나는 이유가 바로 이 반사판 때문이기도 하다.

우리가 눈으로 보는 것들이 전부인 세상에 살고 있다고 생각하지만 그건 착각에 불과하다. 넓은 스펙트럼의 빛으로 볼 수 있는 무한한 크기의 세상을 사람의 눈과 감각으로는 겨우 일부분만 알아볼 수 있을 뿐이다. 누군가는 이렇게 말할 수도 있겠지. 산타클로스의 선물을 기다리고 반짝이는 빨간 코 루돌프를 믿는 아름다운 동심을 파괴하지 말아 달라고. 그렇게 세상의 모든 과학적 사실을 다 파헤쳐내고 알아낼 필요가 있겠냐고. 그 말도 맞다. 우리의 몸이 어른이 되었다고 해서 소중한 동심까지 내다 버릴 필요는 없겠지. 과학을 공부하고 연구하는 일이 평생의 업인 나에게조차 가끔은 허황된 이야기나 엉뚱한 상상력이 삶을 지탱하는 원천이 되기도 하니까. 그게 사실이냐 아니냐 진실 여부보다는 그저 믿고 기대하는 마음이 더 중요한 순간도 분명히 많이 있으니까.

그러나 동시에, 어떤 진실에 도달했을 때 우리는 본능적으로 긍정의 마음을 느낀다. 진실이 밝혀지는 순간에 달아난 동심에 허망하기보다는 현실과 비현실, 가능과 불가능 사이를 연결하는 논리적 매개를 상상하고 강렬한 호기심이 일어나면서 우리의 시야는 더 넓어지고 생각은 깊어진다. 그런 게 바로 앎과 깨달음에서 오는 즐거움 아니겠는가. 현실과 비현실의 중간 그 어디쯤에서, 산타도 알아본 루돌프의 신비한 능력을 이제는 우리도 알게 되었네.

흰 눈 속에 피어 있는
나를 찾아주기를

추울수록 더 진하고 큰 꽃을 피우는 붉은 동백꽃처럼

곤충의 눈은 사람이 볼 수 없는 자외선을 볼 수 있다. 곤충들은 화려한 꽃잎의 색을 보고 접근하는 게 아니라 자외선의 빛으로만 볼 수 있는 꿀 가이드(꽃잎에 꿀이 있는 곳으로 난 길을 알려주는 무늬가 있다)를 인지하거나 향을 맡아 꽃에 날아든다. 그런데 대부분의 꽃들과 달리 향기도 나지 않고 온화한 날씨도 아닌 매서운 한겨울에 피는 독특한 꽃이 있다. 겨울에 꽃을 피운다고 해서 '동백冬柏'이라고 불린다.

동백꽃이 피는 추운 겨울에는 다른 계절처럼 벌과 나비가 활동적이지 못하다. 그래서 동박새라는 작은 새가 가루받이를 해준다. 벌과 나비를 부를 필요가 없으니 향기도 나지 않는다. 오로지 강렬한 빨간색으로 동박새를 유혹한다. 이 꽃은 습하고 온화한 해양성 기후에서 잘 자라서 바닷가 주변 아시아 국가에 많았는데, 18세기 무렵 카멜이라는 선교사에 의해 유럽에 소개되었다(그래서 영어로 카멜리아camellia라고 불린다). 꽃잎에 그라데이션이 전혀 없고 선명하게 붉거나 희기만 한 이 꽃은 유럽에서도 그 독특한 색감과 모양새 때문에 큰 인기를 끌었는데, 20세기 초 디자이너 코코 샤넬의 사랑을 받아 프랑스의 럭셔리 브랜드 샤넬CHANEL의 상징이 되기도 한다.

유럽으로 건너가 사람들의 인기를 한 몸에 받으며 퍼진 동백꽃은 스페인의 유명한 순례길인 산티아고에도 즐비하다고 한다. 하루하루를 성실하게 살아내는 청년의 삶이 절묘하게도 이 꽃을 닮아 있다. 건강한 젊은 날에 우리는 안온한 부모님의 품을 벗어나 홀로 자신만의 순례자의 길을 떠나게 된다. 그 길에서 우리는 무수히 많은 검은 밤을 맞이하고 하얀 사막을 지난다. 봄과 여름을 지나 알록달록한 가을 단풍을 즐기는 여유를 만끽해 보기도 할 것이다. 다가올 봄날을 기다리면서 스스로를 담금질하며 추운 겨울을 버티는 방법도 자연스럽게 알아가게 된다.

그 순례길 위에서 나라는 사람은 어떤 사람인가, 나는 무엇

을 정말 좋아하는가. 간단하게 얻어지는 답이 없는 이 질문들에 오래도록 자신을 들여다보는 시간을 가지게 된다. 그렇게 자신만의 순례길에서 생각이 깊어질수록 더는 다른 사람의 눈높이나 표정에 상관없이 살아지는 의연함이란 힘도 생겨날 것이다.

분명한 것은, 길 위에 피어 있는 동백꽃들을 하나하나 감상할 수 있을 정도로 천천히 이 길을 돌아간다면, 다른 사람의 속도에 맞춰 무리하게 뛰어가지 않고 자신의 속도를 찾아간다면. 그 시간은 결코 헛되이 버려지지 않고 우리를 성장시켜줄 거란 점이다. 거창한 미래를 보여주거나 대단한 약속을 해주지는 않지만, 적어도 나란 사람에 대해서만은 많은 것들을 알게 해줄 것이다. 다음에 내게 다가올 미래의 모든 선택과 이에 따르는 책임감 앞에 강단 있는 사람이 되도록 나를 키워줄 것이다.

향기가 없이 오로지 선명한 색만으로 동박새를 유혹하는 동백꽃은 추울수록 더 진하고 큰 꽃을 피워 스스로의 존재를 증명한다. 얇고 화려한 모습의 꽃잎이 무수하게 겹쳐진 모양새가 아니다. 색은 단조롭고 몇 장 없는 꽃잎이 두껍고 투박하다. 이 꽃은 그 단순하면서도 단단한 생김새처럼 시들 때도 남다르다. 꽃잎이 낱장으로 하나씩 떨어지거나 마르지 않고 꽃잎이 붙어 있는 통째로 툭 하고 떨어진다. 바람에 흔들려 찌그러지거나 지나가는 계절의 옷자락을 붙잡고 지난하게 매달리지 않는다. 그저 단정한 매무새로 툭 하고 비장하게 나무로부터 몸을 던진다.

이렇듯 본연의 모습을 그대로 간직한 채로 떨어지기에, 동백은 나무에서 한 번 피고 땅에서 또 한 번 피어난다고 한다. 천천히 순례길을 걸으며 볼 수 있는 동백꽃처럼, 우리가 추운 겨울을 견디고 의연하게 살아낸 하루하루를 모아 피워낸 아름다운 꽃들이 땅에서도 다시 한 번 피어나길 바란다.

에필로그

'무엇이든 시작하면, 시작된다.' 누구에겐들 그 시작이 어렵 겠지만, 한번 걸음을 내딛어보면 관성에 끌려 저절로 걸어가진 다. 공부를 시작하든 새로운 일을 시작하든 긴장과 설렘, 동시 에 걱정과 두려움은 언제나 우리들의 그 '첫' 걸음을 주저하게 만든다. 나에게도 이번 책을 쓰는 일은 하나의 도전이자 새로운 시작이었다.

단순한 지식의 전달이나 상대방을 이해시키고자 하는 일과, 자신의 속마음을 드러내 이야기를 나누고자 하는 건 엄연히 다 르지 않은가. 일면식도 없는 이들에게 내 일기장을 공개하는 것만 같은 이 일이 나에게도 무척이나 낯설고 용기가 필요한 일이었다. 그러나 아이러니하게도 이 책을 쓰면서 누구보다도 가장 큰 위로를 받은 사람은 나 자신이었다. 책을 쓴다는 명분으로 서랍 속 오래된 일기장을 꺼내어 보듯이 기억 저편에 밀어둔 이십 대의 나를 아주 오랜만에 마주할 시간을 가질 수 있었다. 마치 그 시절의 내 정신 세계를 새로운 현미경으로 다시금 들여다보는 것 같달까. 그때는 몰랐던 것들이 지금의 현미경을 통해 새롭게 보이기도 했다. 때로는 기억 속에서 희미하게 사라져버린 오랜 일들이 뒤늦게 퍼즐 조각처럼 맞춰져 혼자 놀라기도 했다.

그러면서 밝은 빛이 인도했던 환한 길을 걷던 일과 빛의 이면에서 내 그림자를 직접 마주했던 순간의 두려움조차도 자라며 겪는 성장통의 의미임을 뒤늦게 알게 되기도 했다. 실로 흥미롭고 진귀한 시간이었다. 그때도 지금도 꾸준히 자신에게 묻는다. 나는 어떤 사람인가. 나는 무엇을 좋아하고, 잘할 수 있는 사람인가. 지금 나는 그런 일을 하고 있는가.

그 시절에 나 못지않게 세계 이곳저곳을 돌아다니던 단짝 친구와 자주 그런 이야기를 나눴다. 우리는 오 년 뒤에 어디에 살고 있게 될까. 우리는 십 년 뒤에 어떤 사람이 되어 있을까. 짧은 여행이든, 유학이든 우리는 낯선 곳에 갈 때마다 엽서에 손글씨로 여행지에서의 소식을 전하고 서로의 안부를 묻곤 했었다. 그 시절에도 컴퓨터 메신저며 이메일, 휴대폰 같은 편리한 소통의 도구들이 있었지만 낯선 이국 말로 찍힌 우체국 소인이 주는 감동과 반가움이란 게 있지 않은가. 그렇게 살갑게 자주 연락하지도, 그렇다고 영원히 잊지도 않은 채, 우리는 잊을 만하면 한 번씩 소식을 전하며 오랜 시간 동안 멀리서 서로를 응원해온 것 같다. 엽서에서는 언제나 몇 년 뒤에 우리가 어디에 있게 될지를 서로 궁금해하는 질문으로 끝맺음하곤 했다. 답이 없다는 것을 잘 알면서도 그 설렘 가득한 질문은 이십 대를 관통하는 내내 우리로 하여금 각자의 자리에서 성실하게 달리게 만들어준 힘이자 자라나는 꿈의 원천이 되어주었다.

동시에 그것은 무수한 선택 뒤에 다가올 우리의 어떤 미래라도 기꺼운 마음으로 받아들일 준비가 되어 있다는 일종의 선언이자 다짐이기도 했다. 아무런 고민이 없고 흘러가는 대로 살아가는 젊은 날은 얼마나 멋없는 것인가. 서로에게 마음의 빚 없이 기꺼이, 계산되지 않는 크기의 고민을 우리는 나누어 짊어지곤 했었다. 분명 누가 좀 더 이득이고 손해인지 따지지 않고 미안해하지도 않았을 것이다. 그렇게 우리는 젊은 날의 방황과 고민, 또 그에 따르는 책임감의 무게를 차근차근 알아가며 함께 성장했을 것이다.

지금은 그런 대화를 나누었던 순간이 마치 영화나 소설 속의 한 장면이었던 것처럼 아득해지도록 시간이 흘러버렸다. 거꾸로 생각해본다. 그 질문을 했던 우리는 정말 그 뒤에 어떻게 살아온 걸까. 지금 만나서 그 시절 우리에게 가장 소중했던 질문을 다시 생각해본다면, 대답을 나눌 때 우리는 어떤 표정의 얼굴을 하고 있을까(우연히도 우리는 지금 둘 다 평생 연구와 교육을 업으로 하는 사람들이 되어 있다).

아무런 이유 없이 존재하는 자연이 없듯이, 모든 일에는 이유가 있고 그럴 만한 인과 관계가 있게 마련이다. 나는 왜 하필 지금, 이 나이에 방황했던 지난 시절의 내 모습을 되짚어 보는 계기를 갖게 되었을까. 이 또한 이유가 있을 터다. 돌이켜 본다면 이십 대의 나는 뾰족한 가시가 박힌 갑옷으로 자신을 스스로 무장하고, 안으로는 날카롭고 선선한 마음을 지녔었다. 나를 중심으로 도는 우주 속에 갇혀서 밖에서 일어나는 일을 살피지 못하기도 했다. 그렇게 자라난 가시가 무엇을 해치는지, 다른 이들과의 관계에 어떤 영향을 미치는지 이해할 수 없는 순간이 많았다. 상대방의 마음이 도무지 이해가 가지 않는 상황에선 두려운 마음에 숨거나 도망치기도 했을 것이다. 내가 어떤 사람인지 명확하게 알지 못했기에 어설픈 용기로 엉뚱한 도전을 하기도 했다. 설익은 관계로부터 혼자 상처받고, 도전과 연이은 실패로부터 좌절감을 느끼며 더 움츠러들기도 했을 테지.

그러나 그것도 옳다. 그 방황의 시간도 그 순간의 망설임도, 치기 어린 무모한 도전도 모두 옳다. 그렇게 지나온 시간이 나를 키워냈고, 지금의 나를 만들었다. 돌아보자면 선택의 갈림길을 마주할 때마다 나는 충분히 생각하고 고민하고 마음껏 방황했다. 하지만 한번 선택한 길로 들어서면 나는 달려가는 들짐승처럼 뒤를 돌아보지 않고 앞으로 직진했다. 그렇게 직진으로 뛰어가던 마음이 어쩌면 마라톤 같이 먼 거리를 달리며 때로 구르고 넘어지더라도 다시금 계속 움직이게 해주는 에너지가 되었을 것만 같다. 어차피 어떤 선택을 하더라도 후회하는 사람은 후회하고 만족해하는 사람은 만족한다. 그러니 이 책을 함께 읽으며 행여 독자 중에, 자신의 과거를 돌아보는 시간이 결코 더 나은 선택을 하지 못한 것에 대한 미련과 후회로 점철되지 않기를 바란다.

재미있는 것은 어느 나이가 되어서도, 그 나이에서의 나름의 고민이 있다는 것이다. 우리는 언제까지 더 자라야 할지 모르는 채로 계속해서 성장통을 겪는다. 살면서 마주하는 모든 순간과 경험은 사실 모두에게 처음이 아니던가. 처음으로 겪는 일을 능숙하게 해내는 사람은 세상 어디에도 없을 것이다. 그저 그 낯선 일을 대하는 마음에 조금의 느긋함이, 당황하거나 일희일비하지 않으며 견뎌내는 유연함이 조금씩 더 늘어가는 거겠지.

　내가 지금, 바로 이 순간에만 겪을 혼자만의 심연에서 허우적댈 때쯤 나타나 준 나의 스물일곱은, 다시금 그 시절의 날카롭고 선선하던 마음을 지녔던 때로 나를 순간 이동시켜 주었다. 그리고 나의 스물일곱 살이 얼마나 반짝거리고 멋질 때였는지 잊지 말라고, 말해주었다. 그때의 빛나는 시간이 인도해준 그 모든 지나온 여정이 그 모양 그대로 충분히 괜찮았고 좋았다고 해주었다. 그 반짝거림을 오롯이 깨닫지 못하고 힘든 마음과 두려움으로 새로운 시작을 앞둔 이들에게, 인생에서 가장 차갑고 날카로운 머리와 단단한 마음, 그리고 뜨거운 가슴을 가진 모든 빛나는 스물일곱 살에게 이 글을 바친다.

우리는 매 순간 빛을 여행하고

1판 1쇄 인쇄 2023년 4월 7일
1판 1쇄 발행 2023년 4월 19일

지은이 서민아

발행인 양원석 **편집장** 차선화 **책임편집** 차지혜
디자인 정세화, 김미선 **영업마케팅** 윤우성, 박소정, 이현주, 정다은, 백승원

펴낸 곳 ㈜알에이치코리아
주소 서울시 금천구 가산디지털2로 53, 20층 (가산동, 한라시그마밸리)
편집문의 02-6443-8862 **도서문의** 02-6443-8800
홈페이지 http://rhk.co.kr
등록 2004년 1월 15일 제2-3726호

ISBN 978-89-255-7661-9 (03810)